等你，是一树花开

莲韵/著

中国华侨出版社

推荐序

我一直相信，草木是一个人一生中拥有的最美的人间。

在那里，每个人都是浪漫的诗人。野山小径、云霞泉石、松风竹月，样样入画入琴，好不快哉。

很欣慰，从莲韵的作品中一下子走进了她的草木人间。读她的作品，是个午后，九月上旬了，窗外有卖水果的叫卖声，窗边的茉莉又开了两朵，一定是非常温柔地开的，因为香很淡。这一缕香，也是执手花开啊，让人不由得欣喜。

莲韵的作品，首先给人的感觉不仅仅是美，似乎与文字无关，是心灵的舞蹈。内在情感的独到与领悟，才能将文字舞得婆娑，舞得蹁跹吧。有时，我会对文字产生奇怪的联想，将毫不相关的事物作比喻，让自己都感到惊讶。而对于诗人，我觉得有时诗人可能并不像诗人，而是一个舞者，一曲一人间，又非人间，是妙境，是无以言说之妙。就像莲韵看到一片金黄色的油菜花，她看的便是一个远离尘世的诗意田园。美确实是美，但美只在眼前，心里因这美，装下一个田园，带回自己的生活里，何愁人间不诗意。

所以莲韵笔下"那一波波涌动着的波浪"，是一场浩大的舞，"汇聚成一片金色的海洋"。这舞，有画的灵气，"泼墨般"、"翠绿托着鹅黄，磅礴而奔放，淋漓而酣畅"；这舞，"层层密集，春风一起，浩浩荡荡，铿锵着一股气吞山河的华美乐章"。难怪莲韵生发"徜徉在这一片明艳艳的花海里，满眸盈翠，花香氤氲，人在画中游"之感。人在画中游，人在舞中舞啊！

其次，还要说美。莲韵用词美，美在简达，读来让人感觉作者在一边娓娓细说，清婉可喜。词雅文练之功，确实需要岁月的沉淀，如此才真能妙笔生花。比如，她写槐花，"走在故乡的暮春时节，你无须惊讶，一抬头，便随处可见一棵棵开满白花的槐树。它们或在河边、沟沿，或在人家的房前屋后。像奔赴一场约会似的，你追我赶，没有一棵是闲着的，开得忙忙碌碌、热热闹闹、沸沸扬扬，把整个村庄都熏满了花香。似一个朴实无华的村姑，无须雕饰、浑然天成，日复一日，年复一年，静静地守候着家乡那份清幽而恬淡的时光"。这一段中，"无须惊讶"的一幕一拉开，非常从容，慢慢铺陈，"没有一棵闲着"，到开得"忙忙碌碌、热热闹闹、沸沸扬扬"，却又似"朴实无华的村姑"，守着家乡的时光。简短几笔，无限妙意。

在莲韵的文字中，你不会觉得贪婪，草木恩赐于我们的，从来都不吝啬，以慈爱、以慈悲，将一个人间送入你怀。所以读莲韵的文字，如同读一个小山村，小山村里的一棵开花的树；也如同是读一个不一样的人间，读出另一个自己内在的洞天。

这样的草木人间，养着的每一叶一花、每一云一月，都会长成葳蕤的诗歌。那碧绿清新的一叶是诗经，情思婉丽；那沉郁激奋的劲松是楚辞，胸怀凌云；那姹紫嫣红的百花是唐诗，浪漫奔放；那婉转清丽的风月是宋词，旖旎动人……

这让人不禁想起张晓风《山水圣谕》里的一段话：剪水为衣，抟山为钵，山水的衣钵可授之何人？叩山为钟鸣，抚水成琴弦，山水的清音谁是知者？山是千绕百折的璇玑图，水是逆流而读的回文诗，山水的诗情谁来领管？我们需要有千年不移的真挚深情，阅尽风霜的泰然庄矜：山在。水在。大地在。岁月在。我在。你还要怎样更好的世界？

是的，不需要了，草木慈悲盈我怀，我们抱着如此一个草木人间，就是抱着一寸一寸的好光阴。春风话诗，冬雪烹茶，有诗有画，与一个人，执手花开，多美。

白音格力

目录
Contents

~~~ 第一辑 ~~~
等你，是一树花开

第四辑

素心若雪，清凉入心

第五辑

懂得，比爱更重要

第六辑

在光阴里修行

———— 第七辑 ————

走遍万水千山，总有一地故乡

第一辑

等你，是一树花开

执手花开，看一片灿烂的金黄

油菜花开了，那一片灿烂的金黄！

碧云天，黄花地，远山如黛，春水含烟。空旷的田野上，桃红柳绿，百花争艳，绿莹莹的麦田，映衬着一片金黄色的油菜花，放眼望去，阡陌纵横，满世界的流光溢彩。空气中有弥漫的花香，暖暖的阳光下，"留连戏蝶时时舞，自在娇莺恰恰啼。"构成了一幅清新典雅的田园风景，一个远离尘世的诗意桃源。

一直以来，有一个梦想，待到春来陌上，我等你在春天的路上，与你赴一场春暖花开的约会。喜欢那一句，草在结它的种子，风在摇它的叶子，我们站在春天里，不说话，就十分美好。是啊，站在一片花海里，春风荡漾，闻着醉人的花香，即使默默不语，有你在身边，该是多么浪漫的时光！

那一波波涌动着的波浪，汇聚成一片金色的海洋。泼墨般的浓墨重彩，像质朴的爱情一样率性而直白。翠绿托着鹅黄，磅礴而奔放，淋漓而酣畅。层层密集，春风一起，浩浩荡荡，铿锵着一股气吞山河的华美乐章。徜徉在一片明艳艳的花海里，满眸盈翠，花香氤氲，人在画中游，春光妩媚，醉了心，美了人！

一束束金黄的花蕾，似一只只舞动的精灵，衣袂翩翩而舞，播撒着阵阵馥郁的馨香。躲在花丛中，轻轻地采一朵，那浓浓的花香便萦绕在鼻翼。眯起眼睛，深深地嗅一嗅，然后静静地沉思、细细地品味。再也按捺不住一颗雀跃的心，欲飞的思绪，在一片碧绿金黄的香毯上，肆意地飞扬、飘荡。

雪小禅说："如果和最心爱的人在一起，生是满目碧绿，看山绝色，看花倾城。"

坐拥一方静谧的时光，赏一城春色，闻一缕花香。最美的风景，不是这满眸的姹紫嫣红，而是有你在身旁；最美的心情，不是看这一派温润的春光，而是因你才生暖，才会心上眉间有爱在流淌。当我走近你，本想收获一抹花香，你却给了我整个春天的明媚，赠予我一片花的海洋。

我知道，尘世有花开，我不是最美艳的那一朵，但我却是你最赏心的那一簇鹅黄。虽没有娇美的容颜，却有一片赤诚的热烈，有春风十里的柔情，我用清纯靓丽的风姿，送你一个旖旎的春天。

旖旎的春天，我的浪漫就像这个春天，所有的心事，都随着一场花儿盛开了。内心装着一个春天，一寸光阴一寸金，不想荒废了大好时光，因为懂得，人生没有那么多的路需要去赶，应该给自己一份悠闲，不辜负春天的每一场花开。万事缠身，永远也做不完，因此可以停下忙碌的脚步，和心爱的人，走进大自然，与光阴对酌，和春风话诗，自有一份清朗、明净而柔美的情怀。

我能想到，今生最浪漫的事，就是挽着你的手，漫步在花的海洋里，一起走向春深处。张开双臂，去拥抱这一片金黄，去相约一季明媚的春光。像孩子一样，在花间嬉戏，在山野奔跑，清风当枕，拥花香入眠，陶然忘忧。我愿在这一方净土上，抛开俗世的一切羁绊，情醉翠绿鹅黄的花田里，赏天地之大美，享受一份宁静，回归最本真的自己。

你说的没错，不只是惦记着一场花开，更重要的还是，因为有一个陪你一起赏花的人在。看花，看你，十里春风，万千柔情，花开了，有你在场，便是最曼妙的时光、最深情的对望。

春天是万物生，春天是希冀、是美好、是惆怅，更是幸福、是快乐、是阳光。那一城春色里，一定住着桃红柳绿，住着桃花流水，住着半城明媚，住着半城忧伤。不是不美妙，而是妙处难与君言；不是不忧伤，而是早已心痛难当。说与不说，它都在那里，生成一地葱茏，长成满径花香。

此生，若有那么一个人，能够静静地蛰伏在心底，一如这春风一样温柔地轻抚着，又如这一片金黄色的火焰一样热烈地燃烧着。然后就这样轻轻念起，便会旖旎了一季浩荡的花事，倾城了一杯妩媚的春光。

　　人生，总有一些无法抵达的彼岸，在隔着岁月的云烟里，落下一声声长叹。内心深种着一枚枚柔情，蔓延成倾城的暖色，一片嫩绿金黄托着一个妖媚的春天，长风浩荡。爱在花深处，情在回眸一笑中，请许我以花的风姿，轻轻落进你的城，去装饰你的梦。

　　最爱那一句："一生看花相思老"。与美好的人，一生看花，相思到老，开也妖娆，落也美好。山一程，水一程，不知途经了多少处美景，赏过多少场花开，却只有那么一个人，给了你最美的笑容，让所有的心心念念，绽放成了一场繁花似锦的盛宴。

　　风，在深情地吻；花，在忘我地笑。在最美的春天里，莫辜负了大自然赐予我们的美好。与最美的人，看最美的景，写最美的诗，做最美的梦！执手花开，赴一场美丽的约定。

　　人生只有走出来的灿烂，没有等出来的风光。趁花未央，人未老，与心爱的人，相约一季妖媚的春光吧！

槐花飘香

人间四月芳芬尽，犹有槐花暗香来。

春天是花的海洋，明媚的晴空下，妖娆的花事一场接着一场，空气中到处荡漾着花儿的馨香。在这个醉人的季节，槐花盛开了，开得那么素雅，那么纯白，那么馥郁清芬。

寻香而望，一串串洁白无染的花朵，簇簇拥拥、挤挤挨挨地缀满枝头，像极了一个清丽淡雅的女子，一身素白，摇曳生姿。

"阵阵清芳沁，翩翩天使来。问君为何事？还世一清白。"

虽没有牡丹的国色天香，也没有桃花的芳华灼灼，单单一个清雅的白，便吸引了你的眼球。一树花开，清新满怀，绿萝轻抚，蝶舞蜂飞，十里飘香。它们开得那样恣意而决然，不矫揉，不做作，率性而直白，自然而然，典雅美观。

　　走在故乡的暮春时节，你无须惊讶，一抬头，便随处可见一棵棵开满白花的槐树。它们或在河边、沟沿，或在人家的房前屋后。像奔赴一场约会似的，你追我赶，没有一棵是闲着的，开得忙忙碌碌、热热闹闹、沸沸扬扬，把整个村庄都熏满了花香。似一个朴实无华的村姑，无须雕饰、浑然天成，日复一日，年复一年，静静地守候着家乡那份清幽而恬淡的时光。

　　这正是："槐林五月漾琼花，郁郁芬芳醉万家。春水碧波飘落处，浮香一路到天涯。"

　　嗅着风中醉人的花香，记忆就像放映机，又倒回到几十年前，我儿时的家乡。那个时候家里不富裕，一年到头很少吃到白面的馒头。我家算是经济条件比较好的了，因为老爸上班，按那个时候的话说，是能挣"外快"，因此，别人家吃高粱地瓜窝窝头，我家吃的是玉米面饼子。每到春天的时候，那些鲜嫩的苜蓿、香椿和榆钱等，便成了我们改善伙食的美餐。

　　我至今记得母亲用苜蓿烙的合子，或是包成包子，味道鲜美，非常好吃。等到榆钱绿满枝头，我们纷纷爬上树，一边吃，一边往兜里塞，拿回家后，母亲把榆钱洗净，然后把它掺进玉米面里，做成窝窝头。接下来，便到了槐花飘香的季节了，那小小的、白白的花朵，还有那香香的、甜甜的、浓郁袭人的花香，成了一颗幼小的心的最大诱惑。提着篮子去摘槐花，每次都是先吃够了再往篮子里摘，大人们总是不停地叮咛，别多吃，这东西有毒。可我们管不了那些，那又白、又香、又甜的槐花，实在太诱人了。尤其是母亲做的槐花饼子、槐花合子，既松软可口，又香甜鲜美，那个年代，对于根本没有零食可吃的我们来说，能够吃上一顿香甜可口的槐花美味，是对味蕾最大的慰藉了。

因此，槐花不但提供给了人们视觉上的盛宴，更是那个缺吃少穿年代里，最令人向往的佳肴美餐。以至于后来这么多年，每当槐花飘香时，总会勾起我儿时的美好的回忆。那一缕甜甜的醉人的花香，总在远去的岁月里，久久飘荡，盈满记忆的门楣。

槐花是美的，槐香是醉人的。飘香的五月，如果你走在街上，迎面闻到那浓浓的花香，不用看，那一定是近处或远处，有槐花在尽情地开放。此时，就想大口大口地深吸着馥郁的花香，沉醉其中，望着那一树嫩绿初现里，一串串风铃似的洁白的花在摇着头笑。千朵万朵压枝低，那么芬芳香甜，那么清雅美丽。

故乡的槐花又开了，开在春深处。那一抹沁人的香里，永远走不出故乡的味道，童年的味道。待到明年花盛开，我还会来，细细观赏，深深品尝。

等你，是一树花开

　　春光明媚的午后，我喜欢在花树下徜徉。空气中弥漫着淡淡的花香，密集的花朵上有无数只蜜蜂在飞舞，我还看见一只蝴蝶停在花枝上。碧蓝的天空，映着粉白的花树，格外美丽而迷人，可谓云蒸霞蔚，蝶舞蜂飞。风吹过，花枝摇曳，花香醉人，不远处有悠闲的老人在下棋，花树下有嬉戏的儿童在玩耍。韶光易逝，人们都贪婪地享受着一寸光阴一寸金的宝贵时光。唯愿花常开，人常在，时光静好，岁月无恙。

　　千条翠柳照碧水，斜逸芳菲绿映红。凝眸处，花为谁红？一笺心语，可有人懂？

　　心向暖，春光烂漫。我的岁月，风来过，是歌；雨来过，是诗。一剪春光为画，半卷书香当枕。清浅时光，安暖前行，走过一季薄凉，挨过漫漫长夜，终于等到这一刻，春风吹来，会从心底里生出温暖，抽出新绿，长出希望，开成花朵。

　　轻轻地你来了，带着明媚的笑容，深情款款，踏碎一地的落花，氤氲着花香不散的温润。细细的杨柳风，送来你潇洒的身影，心湖里荡起层层涟漪。只是刹那间，眼前所有的风景，都因你而变得风情万种。

你是春天，是明媚，是温暖，是人间四月天。邂逅你，在最深的红尘里；等你，是一树花开的美丽。你轻轻的一次回眸，犹如春风十里柔情，吹开了我尘封已久的心扉，一念花开，只因相遇太美。季节兜兜转转，春暖花开，过尽千帆，原来，你才是今生最美的等待。

走近你，只想收获一缕花香，你却赠予我倾城的明媚与暖阳。

不想错过花期，更不想错过你，想与你携手去看每一场花开嫣然。

"桃花春色暖先开，明媚谁人不来看。"

去看桃花，细细的花蕊，薄而轻盈的花瓣，似蝴蝶的羽翼，在枝头上俏丽着，一副欲语还休的娇姿玉体，惹人爱怜。一树一树的花开，细枝飘逸，摇曳生姿，花开满枝，白白的、粉粉的，一团团、一簇簇，缤纷而淡雅、幽静而温婉。于是，开成了一首绝美的诗，开成了一幅唯美的画，开成了朵朵静美的年华。

桃花，开在眼里，开在心里，开在指尖。遇一树桃之夭夭，喜于眉，静于心。就那么温柔的一念，一段婉约的心事便跃然于眉间。

或许，每个人来到这个世上，就是为了找寻属于你的那种花，是为了与心爱的人，在花前邂逅，在月下重逢。那是花与人的旖旎，是月与花的缠绵，是心与心的相知，是情与情的相惜。花虽素雅、含蓄、娴静、清新，却是开在心底，散发怡人的芳菲。你看他是清风朗月、春水潺潺，他看你是柳眉含情、桃花艳艳。

挽一抹春色，将你深情的眸光细心典藏，放下所有的矜持，把一颗心交付给四月的芬芳。这温润的时光，触手可及，还有你，眸里心底初绽的欢喜。半生漂泊，浮浮沉沉，捻字为花，折花入梦，一城浪漫只能安放在文字中。赏尽春花秋月，抖落阳春白雪，跋山涉水渡春风，只为等来，你临水惊鸿的身影。

春已深深，爱已倾城。陌上绿肥红瘦，千里莺啼绿映红，鸟语花香，莺歌燕舞，又是一季光阴的故事正在演绎。情到深处是无语，最深最真的情无须去表白，一个温润的眼神，一次脉脉的凝视，便诠释了前世今生的约定。

看尽春色，爱在心间。一抹暖意，在心湖里暗流涌动；一树花色，在眉弯间袅娜生姿。等来了你，等来了暖，灵魂便有了皈依，有了栖息的港湾。幸福来敲门，你来，我在，春风桃李花开日，也等来了一个美丽而动人的故事。在以后每一个朝花夕拾的日子里，细心根植下一份珍惜，待我们用长长的一生去守候，守候这一树花开的旖旎。

情不知所起，而一往情深。有一种相知，如春风化雨。如果你懂，其实你一直是我梦里的希冀，是春日枝头上的一点嫣红，盛放在我的心里。再也不去抱怨，时光飞逝，年华苦短，与一朵花相比，人生在世有足够的时间来绽放自己。

其实，生命本是一树花开，只要绽放出独有的风姿和精彩，哪怕年华老去，那烁烁的风骨早已雕刻在千疮百孔的生命里，沉淀出一缕暗香，温润着薄凉的时光。低眉间，总有一些人一些事，在记忆里绵长，回首，便是一抹春色，桃花灼灼。

尘世有花开，就如这温暖和爱，是我们活下去的理由，是心灵的一方净土。唯有灵魂的相依相偎，才能使一颗鲜活的心，像一朵含苞待放的花蕾，当阳光洒过，晶莹剔透、熠熠生辉，氤氲的清香，缭绕于心。

其实尘世并不缺少花开，赏花的也大有人在，可真正懂花的，又有几人？

我们都是时光的过客，唯有用爱去播撒一粒粒种子，然后用一颗虔诚的心去等待，等待那一树一树绚丽的花开。

轻拥岁月，在如水的时光里，收集着点滴的温暖，打捞着那些动人的故事。轻轻捡拾起一瓣瓣落红，那些花间的温柔，仿佛还在低语，倾诉这一场花下相逢的美丽，默然而欢喜。虔诚的心里，盛满春天的暖意，那是你给我的梦，春风绕花枝，明月照花影。我的人生，因你而璀璨，一半在烟火里打磨，一半在诗意里嫣然。

春风，旖旎了一树花开，妖娆了一季韶光。捻一指花香，落墨，为你写下一笺心语，让氤氲在心头的感动，生成诗意的葱茏。看春枝头上的点点新绿与艳红，随风而舞，曼妙生情，感激着岁月的恩赐。

穿行在这一季花香里，将你的款款深情，临摹成动人的风景，你与春天连在一起。花开馨香，朵朵为你绽放，念起，你便是我今生最美的诗行……

相约人间四月天

　　绿肥红瘦，鸟语花香，春天是惹人爱的。那么，许自己一段闲暇的时光，在这个美丽而多情的季节，与春天相约。去种植一些希望，播撒一些阳光，捡拾一些欢喜，采撷一缕花香。听几声清脆的鸟鸣，折一枝桃花小令，伴一帘杏花雨声。春风当枕，聆听花开草长的声音。看几朵白云，悠悠飘过碧蓝的晴空，或者在日落黄昏，去追逐一抹夕阳，去拥抱春天。

　　是的，不管季节如何变换，我都始终相信美好、相信明天、相信爱、相信温暖，不让一颗心在纷繁中荒芜。

　　春天，适合梦一回自己，放逐一些纷飞的思绪，让心中注满花香，在一片新绿里恣意飞扬。春意冉冉，最适合带上几分薄醉去品味，做一回任性的小女子，也可以采撷一抹妩媚的春光，借得三分桃红、四分柳绿、一缕花香，念一个春水般明净而美好的人，沉醉在春闺梦中，不愿醒来。总之，只为了这良辰美景奈何天，才有了赏心悦目的熏熏然，那些种植在心底的一点新绿，只待春风吹来，细雨飘过，也开始抽枝，发芽，含苞待放。

　　人间四月天，一切都是那么清新，那么美好，花儿赶着趟地开，树木百草铺天盖地地绿、粉红、嫩黄、洁白、翠绿，赏心悦目。今年花胜去年红，约谁同行？最美的，莫过于约上三五知己，带上一份美丽而婉约的心情，无论走到哪里，都是一派春光无限，醉了心，美了人。

春光妖娆踏歌舞，花红柳绿伴君行。

红坛寺公园是附近一个旅游景点，这里有著名的槐花节，每到五月份，一树树粉白的花朵，缀满枝丫，千朵万朵压枝低，馥郁芬芳，蝶飞蜂舞，尤为壮观。可惜我们来得早了，枝头上才吐出新绿的嫩叶，只能去看那一片辽阔的水域，春风一吹，春水荡起层层柔波。走上一架水上吊桥，摇摇晃晃，由于水的游动，感觉那桥老是在水面上往左漂移。我和女友紧紧地抓住两边的缆绳，猫着腰慢慢地前移，后面的男友们故意把脚下的木质栈道踩得左摇右晃，还在拍照，把我俩搞得狼狈不堪。体会了一把红军四渡赤水，大渡桥横铁索寒的艰难，倘若天上有敌机轰炸，后面有敌人追击，我们必死无疑。

兜兜转转，又来到了仙人湖。这里是一片广阔无边的水面，周围筑起了一道高高的围墙，站在水边上瞭望，犹如来到了海岸线上。远处有游客坐在渔船上，还有摩托快艇在水面上激流勇进。看水天一色，任温润的风吹在脸上，听脚下阵阵浪涛拍打着岩石，卷起朵朵细小的浪花。此刻，不必说话，只需静静地远观近赏，一湖春水荡涤了平日里的所有的繁杂，心胸豁然开朗。

漫步在仙人湖堤岸，我们还看见了一大片，多年以来一直未曾见过的儿时抽过的茅草芽。好亲切啊！时光一下子又倒退了几十年，还是那个在春天里，寻着沟边、河沿到处寻找茅草芽的小丫头。那些略带着微微的甜味，棉花糖似的茅草芽，对于一颗小小的心来说，是多大的诱惑和满足。时光可以卷走一切东西，包括青春，包括容颜，包括爱恋，而唯一走不丢的就是童年的记忆，一个似曾相识的画面，一个熟悉的场景，便会跌落进回忆里。如果时光可以倒流，我宁愿回到从前，做一个可以追着花蝴蝶飞的、天真烂漫的野孩子。

人生最美妙的就是，你永远不知道，下一刻、下一个转角处，你会邂逅什么样的风景。走着走着，遇见一片桃园，此时的桃花开得正艳，朵朵妖娆、点点新绿、芳华灼灼，是春天里最美丽的景致。

站在花下，吹面不寒杨柳风，春风吻着桃花，也吻着笑脸，青衫红袖交相辉映，一条艳红的丝巾临风翻跹，人面桃花相映红，试与春光争奇斗艳。这一刻，心中升腾着无限的遐想与欢愉，遥想当年，桃花树下，那个青春俊朗的白衣少年，曾经一起在花下追逐、流连。那些轻许的诺言，早已随风飘散，一如这飘零了一地的花瓣雨，成为时光里斑斓的记忆。如今，韶华逝去，青春不再，岁月之笔画老了容颜，而唯一庆幸的是，风尘老却少年心。我们还可以趁花未央、情未央时，寻着一瓣馨香，找回曾经的那颗单纯的初心，找回走失的那些美丽的记忆。

食指按快门，定格住这万千旖旎的画面，见证着桃花春风的缱绻柔情，让瞬间的美丽成为永恒。待到岁月老去的那一天，再回首那些杨柳堆烟、落花斑斓的故事，希望你的回忆里有个我，我的往事里有个你。我曾经是你春天里的一朵花香，你途经了我的盛放，被你收藏在某一页里，一不留神，便成为你留香的一个韵脚；你曾经路过我的城，美丽了我的梦，我的世界你来过，我会一直记得。

一路走来，踏春的人们络绎不绝。因为明白，这个春天，不会因为你的缺席而留下，所以执意而决然地放下永远也忙不完的世事，不想与四月失约，不想错过每一场花开的嫣然。一直有一个梦想，去看一场盛大的菜花，因为南方有菜花，在北方，很大面积的极少有。不过这次是意外的惊喜，总算如愿以偿，没有错过花期，没有错过你。我没有辜负春天，春天也没有辜负我，不负如来不负卿。

当一片金灿灿的油菜花呈现在眼前时，我们纷纷奔赴到花海里。在一波明媚的暖阳里，那一望无际的鹅黄，开得热烈、执着、率真而野性，燃烧成夺目的光芒，绽放出一派惊心动魄的美！心，在那一刻，像展翅的蝴蝶，翩翩起舞，欲仙欲醉。闻着醉人的花香，弄花香满衣，不知今夕是何夕，忘了世界、忘了自己。春深处，醉了梦中人！

这一程的旅途，看过百花的娇艳，踏过原野的碧绿，赏过春水的柔波，听过鸟儿的欢唱。执手花季，一路笑声盈盈，花香满径。春光大好，只因有你，杨柳缱绻，花语缠绵，无数次的驻足，都是相看两不厌的留恋。妖娆的不只是春光，还有一颗雀跃的心。

总有一种深情，在杨柳风间穿行；总有一份牵念，在桃花溪水边眷恋。与四月同行，让美好盈满记忆的门栏，一份痴心，是对春天的向往，几分微醉，是梦里的天堂。梦里有你的倩姿靓影，还有十里春风，暗香盈盈。

一似美人春睡起

走着走着天暖了，吹着吹着风软了，念着念着春来了。

当暖暖的阳光洒满窗前，我听见冬的脚步渐行渐远。春，被一声声清脆的鸟鸣所唤醒，春之序曲便奏响了，料峭中似乎蕴含着一股锐不可当的气势，正欲喷薄而发。采采绿水，蓬蓬远山，春风初柔，春水初软，春草初绿，含苞待放的日子已不远。待到春风吹绿千万里，又是一场姹紫嫣红开遍。

一似美人春睡起，回眸一眼百媚生。

蓝天白云，光线格外的晶莹明亮，那蛰伏了一冬的寂静此刻正缓缓苏醒。吹面不寒杨柳风，沐浴一身暖阳，我始终微笑着，步履也变得轻盈起来。临近元宵佳节，远处有儿童在燃放鞭炮，还有的在兴高采烈地放风筝，身后是熙熙攘攘的车水马龙。这市井的热闹，仿佛都是为了与春相约，让人心生欢喜。寻着一条幽幽小径，我似乎嗅到了花儿的芳香。

卸下厚重的冬服，换上轻盈的薄衣衫。一件宝石蓝的羊绒外套，一条嫣红的长丝巾飘在胸前，黑色裤子再配上一双半高跟靴。这是我的最爱，无论是质地、做工还是颜色及搭配，都是我精心挑选的。正是这副装扮，在一次宴会上，惊艳到了一位许多年未曾见面的故友，他一直说我比以前更漂亮了。其实，我知道，那是岁月赐予我的精神内涵，与漂亮无关。要素，就素得彻底、干净；要艳，就艳得卓然、出众，一如这春的绽放。活到这份儿上，才知道也该为自己活一回了，女人嘛，总要对自己狠一点儿，对吧！

立春已过，乍暖还寒，户外残雪尚未融化，二月像春的扉页，眉眼间春色微露，欲语还休，那扑面而来的春风，已经捎来了春的信笺。初春有新韵，欲辩已忘言。一场冬雪到一季春的距离并不遥远，也就是隔着一朵杏花的媚眼。无须焦急，无须刻意，你想要的春天，早早晚晚会让你遇见。

等一个春，盼一场花开嫣然，在脉脉含情的风里，读着春的消息，眼前已是桃花灼灼，春色满园了。

春色满园，多么媚人的字眼！人生最难得的是一份好情怀，无论何时何地，看到一朵花，念起一个人，遇到一段好文字，想起一段往事。生活最美的景致，不是在远方，最好的时光，一直在心上。闲对一帘月，静听一枕风，植一片绿荫，养就心中一季春。

微信上不断地传来祝福的消息，来不及一一回复，发表了一段说说。给自己一份美丽的心情，在这个春天里，有快乐相伴，有亲情和友情的温暖，还有一个你天天唠叨，无论怎么抱怨，却一直不离不弃在身边的那个他。可以做我喜欢的事，活得随心、随意，人生还有什么可遗憾的呢？

对于舞文弄墨，开始他并不支持，甚至我叫他看，他都不看一眼，但是当我的书出来了，他比我还兴奋，每每遇到别人的赞许，他笑得那个开心哦！其实也明白，只有他，只有这个家，才能这样无限度地包容你，接纳你。这看得见摸得着的，再寻常不过的小欢喜，就是人生的真谛吧，或许我的幸福，就是我爱的和爱我的人，一直都在我看得见的地方。细细想一想，不由得偷偷笑出了声。

谁人不是时光的过客？每个人都是在反反复复中经历着岁月的打磨，为了更加圆满。最喜俗世里的烟火人间，一粥一饭、一书一茶，嬉笑怒骂，雅俗共赏。既平凡又简单，却是人人都离不开的妥帖和安暖，让我无限痴情与眷恋。一如指尖上的一缕墨香，素色流年，墨舞芳华，倾尽一生深情，寂寞又快乐，让人生也因此而变得与众不同。

与众不同，说起来容易，人生多变，有许多的心愿还没来得及去完成，有许多的誓言还没有兑现，指不定在某个瞬间，一些突如其来的变故会降临得猝不及防。所以，珍惜当下，一些事、一些心念，想好了就去做，千万别犹豫。

学会微笑，每天对着阳光微笑，对着蓝天微笑，对花微笑，对草微笑，对人微笑，对自己微笑。活着不易，好好珍惜这短暂的一生，不要错过每一季花开的美丽。花开，我喜；花落，不悲，笑对流年风霜雪雨，笑对每一个日落晨曦。

春已暖，花将开，阳光正好。映得满室金碧辉煌，花儿盛开着，光线明亮着，时光静美，生活处处充满了温馨与甜蜜。做个喜悦的人真幸福啊，每一天都有独一无二的欢喜相随。

等春，与春风相约，缤纷一季的姹紫嫣红，独享一方宁静而湛蓝的天空，寂静欢喜。欲飞的心情，如一场春雨，悄然如梦。剪剪细风，轻轻柔柔地吹拂着渐软的柳枝，用不了多久，眼前又是一派靓丽的旖旎风光。

"最是一年春好处，绝胜烟柳满皇都。"倾听着一江春水潺潺，静待一场花开，淡守着一帘清梦。一季明媚，温暖倾城！

等雨，终于来了。窗外，一帘春雨卷东风，真是好雨知时节，当春乃发生。小楼一夜听春雨，晨起，想送你一枝春，却没有听到卖花声。因为杏花还没有开，桃花也没有红，梨花还没有上枝头。

等你，就为你撑起一把伞吧，不说一辈子，长的是岁月，短的是人生，不求天长地久，只想此刻就能牵住你的手。风雨飘摇，千里迢迢，能够握得住的才叫幸福，能够及时陪伴的，才算真实的拥有。

记住，从春天出发，我在春的路口，等你君临天下。

你来，我的世界春暖花开；你在，我的江山旖旎如画！

浅春柳韵

每年，一到初春，便会给春天写一封情意绵绵的信。

一个冬季很少出门，直到春日的暖阳洒满窗前，一不留神，春，便一脚踏进我的房间。阳台上的花开好了，绿的鲜绿，红的嫣红，连鸟儿的叫声也变得格外清脆了，仿佛能滴出绿来。

春心萌动，一个世界万物复苏。

春尚浅，春寒料峭中，却掩饰不住她若隐若现的娇姿媚颜。花未开，草未绿，春意初露，而我心中的春天，早已是桃红柳绿，春意盎然，春色满园了。爱已泛滥无边，再也按捺不住一颗雀跃的心，跑出户外，去追寻春的足迹，去看看剪剪细风里，捎来春天最美的信笺。

"东风有信无人见，露微意、柳际花边。"

想起了苏东坡的这首词，让我感受到了他乍觉乍现春意的那份惊喜。

还是春光姗姗来迟呢，即使东风有信也无人看见，她只隐匿在柳际花边。

好一个柳际花边！想必第一个读到信的就是春柳了，其次才是春花、百草。

是春了，"诗家清景在新春，绿柳才黄半未匀。""绊惹春风别有情，世间谁敢斗轻盈。"

春来柳先知，她轻盈的倩影，俏皮地躲在那一抹鹅黄新绿的柳枝间，那柔顺的枝条上，爬满了一个个嫩黄的芽苞。像一只只破壳而出的小鸡苗，张开惊奇的眼睛，抖动着鹅黄的绒毛，可爱极了。"色浅微含露，丝轻未惹尘。"在细细的风里，舒展着曼妙的身姿，婀娜柔美，翩跹而舞。

这个时节，我最喜欢漫步在浅绿成行的杨柳岸边，悠闲地穿行在其间，看飘逸的柳枝轻抚着初绿的柔波，感受她的眷眷柔情，贪婪地吸嗅着那风中氤氲的淡淡的清香。一抹春的讯息落进眼眸，潜入肺腑。醉啦醉啦！美啦美啦！醉在这舞动的柳韵里，一晌贪欢，不问今昔是何年。春宵一刻值千金，我且尽情地享受眼前，享受这妩媚撩人的春光吧！

在北方，柳树是最寻常、最普通的，也是生命力最顽强的一种树，第一个报春的便是她了。所有树木当中，柳是激动的、最早的了，料峭春寒，当别的树木还迟迟没有醒来，她已经抽绿吐芽，相约春风，摆出千姿百态的倩影，撩人心魄，勾人心弦。

我总觉得，春风与春柳是一对相亲相爱的情人，柳无风不美，风无柳不柔，郎情妾意，你侬我侬，相得益彰。他们时而缠绵缱绻，时而柔肠百转，时而窃窃私语，时而衣袂翩跹。风摆杨柳，含烟吐翠，起舞弄清影，妙趣横生！没有风，就显不出柳的妩媚与韵味，没有柳，就失去了风的潇洒与飘逸，有风即情，风情万种。

"聊赠一枝春"，她用无限风情，提前把春天的喜悦和清新带到了人间，送给你一个春光无限。此时此景，总让我联想起古诗中那些描写春柳的诗篇来。

"天街小雨润如酥，草色遥看近却无。最是一年春好处，绝胜烟柳满皇都。"

韩愈的这首《早春》写的真是曼妙之极了，一年最好的时光，莫过于这柳色如烟的浅春季节。"烟柳"，真是绝妙之笔，是谁最先用"烟"来形容春柳的呢？恐怕再也找不出一个词比它更恰当的了。初春新绿，点点鹅黄，远看似烟，近看却无，浅浅淡淡，轻盈如翼，缥缈若云，袅袅娜娜，若有若无。这春色撩人的浅黄嫩绿，十里春风，杨柳堆积成烟，排列成阵，氤氲缭绕，不厚重，不笨拙，轻描淡写。这景致，这诗意，这雅韵，不用看，单是想想，就让人不饮而自醉啦！

古时，春柳牵绊上了人间情思，多为离别之意，古人送别时也要折柳相赠。如《诗经》里的"昔我往昔，杨柳依依。"还有王昌龄的《闺怨》，"忽见陌头杨柳色，悔教夫婿觅封侯。"杨柳年年青，却不见离人归，功名利禄有何用，及时的陪伴才是最美的时光。多愁善感的林妹妹，一见了春柳春花便会悲从中来，《红豆曲》里的那句"滴不尽相思血泪抛红豆，开不完春柳春花满画楼"，便是最好的写照。她的愁思，便如这开不完的春柳春花，伤春感怀，愁杀了这位葬花人。

当然，我最喜欢的还是清代高鼎写的那首《村居》，"草长莺飞二月天，拂堤杨柳醉春烟。儿童散学归来早，忙趁东风放纸鸢。"

初春二月，草长莺飞，醉柳笼堤，一群放学归来的儿童，在春来陌上欢快地放飞纸鸢。诗人用一颗欢喜心，为我们描绘了一幅充满生活气息的乡村画面，读来如临其境，亲切感人。

想起了我儿时的乡下，每到这个时节，便会疯了我们这些贪玩的孩子们。纷纷像猴子似的爬上树，折一枝翠绿的柳条，然后做成笛子，那单调的笛声吹出来却是那么的美妙动听。有时也用它编成一个绿色的头环戴在头上，然后扯起自己做成的风筝，在绿绿的麦田上飞跑、欢笑。

等到柳芽长成了新绿，杨花褪去，又生出了鲜嫩的小叶子，这时候会出现一种昆虫。这虫大小如黄豆般，黑色的居多，也有褐色的，浑身长着平绒似的非常细腻的羽毛，极其可爱。我们这里叫它"黑萝卜虫"，每到黄昏向晚的时候，它们就会飞到那些鲜绿的杨柳枝上，多的时候一排一排的。我们每人拿着一个小瓶子，将它们一个个捉下来装进去，然后拿回家，喂那些贪吃的鸡。我们笑着看那些鸡争先恐后地吃，姥姥则笑着看我们说："明天又可以多下几个鸡蛋了。"幼小的心，又多了一份期待的欢喜。

春柳，给了我童年无数的快乐，也成了我人生美好的回忆。她是春天最美的韵脚，带着希冀，带着美好，伴我走过一个又一个柳暗花明的季节。

又是一年春好处，吹面不寒杨柳风。陌上柳色新，薄如轻纱，淡若云烟，用不了几日，风中便会挂起一帘帘翠玉。杏花开了，桃花红了，梨花笑了，杏眼柳眉桃花面，绿袂飘飘，一似美人春睡起，绛唇翠袖舞东风。

谁将一春分两半

草长莺飞二月天，

谁将一春分两半？

烟柳吐翠醉春风，

桃李芬芳百花艳。

　　春分，二十四节气中它排第四。是春天九十天的中分点，它不仅是一个重要的节气，还是一年中最美丽、最妖娆的节气。"春分麦起身，一刻值千金。"从这一天开始，春风送暖，麦苗拔节，春草初生，杨柳初绿，百花争妍，才算走进了真正的春天。

　　春天，年年不约而至，而每一次抵达，都是满眸惊艳，每一次到来，都是永如初见。时光可以变老，爱情可以变淡，而春天，在我们视觉里，永远是初见的嫣然。

　　站在春分的陌上，沐浴着一身暖阳，剪剪细风，轻轻抚慰着我的脸庞。就这样，我隔着斑驳的光阴，与春姑娘对望。

春，柳是你淡淡的娥眉，花是你娇羞的容颜，风是你纤纤素手，水是你柔婉的情怀。你轻轻地一拂手，一帘春韵就流淌出来。柳绿了，花开了，水笑了，一身翠绿披肩，摇曳生姿，风情万千。

春来柳先知。春，最惹人瞩目的就是那一抹飘逸的柳韵了。"一树春风千万枝，嫩于金色软于丝。"远观似烟缥缈，你会忍不住驻足留恋。扬起脸，微笑地着看，心中涌起暖暖的感动。那风摆杨柳的舞姿，犹如一个青春靓丽的少妇，柔美温婉，欲语还休，曼妙可人。

或许，前世，我就是你要等待的那个归人吧，不然怎么会对你这样一见倾心呢？好像握住你的纤纤玉手，感受你千般的温柔，春风给了我一个长长的吻，犹如穿过我的长发你的手。醉啦，醉在你的绿色的臂弯里，醉在你清雅的诗韵里，久久地依恋着你，不忍离去。

看，杏花开了！又是一年芳草绿，春风十里杏花香。当娇小嫩黄的迎春花开过以后，第二个报春的就是杏花了。开始的时候，是嫩红的花蕊，等到开好以后，便是洁白的花瓣了，朵朵杏花，轻盈似雪，清新典雅，淡淡的花香，扑面而来。风一吹，翩翩飞舞的花瓣，似一场清凉的杏花雨，凄美、婉转，淡淡的哀怨，有一种令人窒息的美感。惹人疼，惹人怜。

在乡下，油菜花也开了。田野上，嫩绿托着金黄，格外灿烂炫目，在阳光下，熠熠生辉，简直是一片花的海洋。春风荡漾，花儿怒放，风送花香，置身于花团簇拥的世界里，心旷神怡！花田里，竟然还有几只花喜鹊相互追逐着，飞来飞去，它们似乎也贪恋着迷人的景色，嗅到了春的讯息，这正是："留连戏蝶时时舞，自在娇莺恰恰啼。"

再过几天，就是桃花的世界了。在那桃花盛开的地方，有一位从崔护诗里走出来的姑娘，"去年今日此门中，人面桃花相映红。人面不知何处去，桃花依旧笑春风。"千年的桃花，千年的春风，或许是因了这首诗，变得更加灼灼其华、温柔多情。

最后该轮到梨花闪亮登场了。"忽如一夜春风来，千树万树梨花开。"那一场梨花雪啊，纷纷扬扬，铺天盖地，气势浩荡！纷纷开且落。走啊，喊几个知己，踏春去，赏花去！春天呈献给我们的是一场又一场花的盛宴，今朝有酒今朝醉，"人生得意须尽欢，莫使金樽空对月。"切莫辜负了这大好华年。

喧嚣的红尘，需要拥有一颗素雅的闲心，寻一份绿意，觅一方静幽，给心一个空间，享受一下闲暇的光阴。看陌上草长莺飞，煮一壶春光静美，让心，随花儿舒展；让梦，随蝶儿翩跹。往事如烟，付之一笑，清浅的日子，一份宁静、一份恬淡、一份悠然，静守花开花谢的流年。

有一个好久没联系的同学问我："你还吗好？"我答："我很好啊，我还活着！"相视一笑，是啊，活着就是幸福，何况还能品闻到春天里的花香呢！生命这么珍贵，生活这么美好，还有什么理由不快活呢！因为我活着，所以我快乐。

每一个清晨醒来，你能看到第一缕朝阳，你能闻到花香，你能望见湛蓝的天空，能听见鸟儿的欢唱。你还能走在春天里，挽着花红柳绿，醉在这绿色的呼吸里。这是多么奢侈的幸福！生活总有太多的烦琐和不如意，记得给灵魂一个栖息地。植一片绿荫，种半亩花田，撒下美好，播下善念，守住心中的桃花源。这样就能远离尘世，如在青云之上，心静如莲。

静坐光阴深处，看春意渐浓，看花开满枝，看新绿摇翠，风含情，水含笑，"两个黄鹂鸣翠柳，一行白鹭上青天。"采一朵白云的悠闲，携一缕柳韵的温婉，揽一份诗意入怀，静听风，枕花眠。花闲，人静，水碧，风清，禅房花木深，云水空禅心。

但惜春日长，只念花开美好，不言落花悲凉。纵使花开荼靡，总是没有辜负这春来陌上好时光。听鸟鸣，看烟柳，赏春水，闻花香，行走在流年的光阴里，用感恩的心去体味，生活的美好，珍惜这每一段落花的过往。

走得最急的，总是最美的光阴。多想拽住春的手，将春留住，怎奈，无论你如何用力，今天的繁华满枝，终将成为明天的落红满地。一寸光阴一寸金，寸金难买寸光阴，岁月无情人有情，"有花堪折直须折，莫待无花空折枝。"

光阴从来不厚此薄彼，茫茫宇宙，我们不过是一粒默默行走的微尘。最终的最终，谁也逃不过一纸宿命，尘归于尘，土归于土。只是在这条叫作不归的人生路上，需要慢下你的脚步，需要放弃一些该放弃的东西。不要背负太多的行囊，不要放弃了这一路旖旎的美景。用一份清淡，来寻求心灵深处的一种妥帖的安然，也不枉来世间走一回。

春分，是春天最媚人的眉眼，是春姑娘最曼妙的靓姿倩影，是南来的燕子第一声呢喃，是嫣红一枝墙外香，是天地惊雷一声响。在这一年最好处，我愿与君同醉一城春光妩媚，平分一季姹紫嫣红。

梧桐花开香满怀

"一番桃李花开尽，唯有青青草色齐。"

暮春，一场花事渐渐落下了帷幕，只留下一片清新的碧绿，放眼望去，到处是绿色的海洋。不，在这绿色的世界里，还有一种开花的树，远远地你就能看到，在蓝天之下，在绿野之中，高高大大，浑身缀满了淡紫色的喇叭花。

你还未曾看到它时，远远地就会有一袭馥郁的芳香，扑鼻而来，寻香伫立，沉醉其中。一朵朵梧桐花，像一串串紫色的风铃，摇曳在春风中。你只管那样微笑不语地看着它，花开满枝丫，心生欢喜。暖暖的阳光下，开得摇摇欲坠，分外柔美，分外迷人，妩媚了一季春光静美。

每年的暮春时节，是梧桐花盛开的时候。当你漫步在小城的街头，轻嗅着阵阵醉人的花香，随处可见梧桐花的身影。远望，高大的树冠，像云、像雾，在渐行渐远的暮春时分，吐露着诱人的芳菲，摇曳着年华的妩媚。

　　岁月辗转，时光老去，唯有记忆，能唤起那些曾经美好的过去。就像此刻，你行走在熏香的春风里，仿佛又走进遥远的故事里，邂逅了那些曾经熟悉的人，那些相偎相依的情。只是沉醉其中，却再也不愿走出来。

　　犹记童年时，我初次见到梧桐花，是在城里父亲上班的地方。在我的记忆里，乡下极少有，我认为城里才会有这种开花的树。那时候，母亲每年都会带我们去父亲那里小住，父亲住的是单位分的两间宿舍，一排整齐的宿舍内，门前就种了好多高高大大的梧桐树。每年开花的时候，风一吹，满院子的花香，我和小伙伴在树下捡拾着吹落到地上的紫色喇叭花，或者将它们串成项链，戴在胸前，相互追打着，醉在浓浓的花香里。

　　父亲下班后，会教我识字，而我每次都能记住，那时候我还没有八仙桌子高，父亲都是抱着我趴在桌子上，教我认他玻璃板下面的字。当我每次都能准确无误地念出那些字时，父亲便流露出满意的笑容，拿出几块稀罕的糖果给我，作为嘉奖，我就马上跑出去和小伙伴分享。

　　桐花，就这样伴我渐渐长大，那是一段多么美妙的时光！对于不谙世事的我来说，桐花就是我儿时的梦想，就是我梦想的城市，就是一段馨香的过往。

　　高中时，校园里也有梧桐树，无论是走在路上，抑或是坐在教室里，那浓郁的清香，都会与你撞个满怀。人生最美好的事，莫过于邂逅花开，邂逅爱。究竟是书香氤氲了花香，还是花香旖旎了时光。无处可想，反正爱极了这样的日子，一如命中的缘分，一如人生的遇见，即使短暂，也是一个美丽的瞬间。那种惊艳，那份温婉，是眸里心痕，刻骨铭心的，无论时光流转了多久，它都会在岁月的枝头，绽放着最初的嫣然，妖娆着一脉心香的流年。

往往会这样，某些人，某些事，犹如走过的路、路过的风景，总会在某一个不经意的瞬间，突然跳入你的眼帘。你被牵引着，又走进回忆里，走进往事里，那些老旧的故事，一一浮现在眼前，恍若昨天再现。无须太多的语言，那些动人的场景，温馨又从容，而今再次忆起，有温暖、有感动。就这样慢慢地，走成了心中最美的风景，走成了眼眸里的一抹温婉，走成了岁月里的一缕暗香，走成了流年里的一笺诗行。

站在花下怀想，那些远去的时光，犹如飘落了一地的花瓣雨，有紫色的回忆与浪漫，有童年的天真与美好，也有青春的懵懂与梦想。我知道，太多的回忆、太多的故事，总会消失在岁月的长河里，渐行渐远渐无书。念起时，总会有诸多的感慨在其中，悲的、喜的、酸的、甜的、青涩的年华里，所有的追逐、所有的欢愉、所有的梦想都不过是眼眸里的一缕风，轻轻吹过。念起，便是唇边的一抹浅笑，当时只道是寻常。

谁不曾有过青春的迷茫？那些血浓于水的亲情，那些红尘深处的相逢，总会温暖了寂寥的人生，旖旎了翠绿的时光。尽管往事渐远，花事凋零，此情可待成追忆，风住尘香。每每忆起，情亦真，爱亦纯，一场花事，风过无痕。

春来，梧桐花开香满怀。春天，蕴含着无数的美好与希望，呈现着诸多的清新与妩媚，我愿在这一季春光里，携一份婉约，书一剪明媚，挽一抹浪漫，静守一份流年的清欢。

此岸与彼岸，只隔着一个春天

盼春，爱春，又恨春。春一来，百花就开，花一开，爱就泛滥成灾。

春是喜人的，又是愁人的，或许太过美好的东西都使人愁。春来寸草生，思念寸寸长，因为她惹上了人间情思，看花，看草，睹物，思人，惜春，叹情。能牵手的还好，相约春天，不负好春光。最怕的就是那些两两相望，相爱而又无法相见的人儿，见了这美丽妖娆而又多情的春花春柳，怎不让人流连复流连，惆怅复惆怅？

"问君能有几多愁，恰似一江春水向东流。"

想起陆游当年，在与唐婉被棒打鸳鸯分开以后，心中备感凄凉，一直郁郁寡欢。为了排遣愁绪，他经常一个人独自徜徉在青山绿水之间，或借酒消愁吟诗作赋，或浪迹天涯长歌当哭，过着悠游放荡的生活。在一个群芳争艳、春光明媚的午后，陆游来到了曲径通幽、繁花似锦的沈园。于一条花香满径的小路上，迎面莲步款款地走来一位锦衣女子，恰好和陆游撞了个正着，谁料想，她正是自己朝思暮想的意中人——唐婉！

　　就在那一刹那间，时光仿佛凝固了一般，四目相对，久久缠绵在一起，眼帘里纠缠着说不清的悲喜，恍若隔世，如梦似幻。而此时的唐婉已为他人妇，这次不期然的邂逅，又重新打开了她积蓄已久的眷眷柔情，千般心事，万般幽怨，泪眼蒙眬，相顾无言。一阵和风袭来，吹醒了沉醉在花丛中的陆游，望着唐婉一步一回首的背影，感慨万千。于是挥手写了那首流芳千古的《钗头凤》：

　　　　红酥手，黄縢酒，

　　　　满城春色宫墙柳；

　　　　东风恶，欢情薄，

　　　　一怀愁绪，几年离索。

　　　　错！错！错！

　　　　春如旧，人空瘦，

　　　　泪痕红浥鲛绡透；

　　　　桃花落，闲池阁，

　　　　山盟虽在，锦书难托。

　　　　莫！莫！莫！

　　真是"春如旧，人空瘦"，唐婉在回去后一直沉醉在这一场沈园相逢中，成了春闺梦中人，她再也承受不起情感的负累，不久便饮恨而去。

　　"问世间情为何物，直教人生死相许？"

　　想起一个女友问我的一句话，她说："在错的时间里，遇到了对的人，该怎么办？"我望着一向沉静文雅的她，知道她正在遭遇一场浩大的劫，于是调侃她："好说啊，凉拌。不是有那么一句吗，遇上了就别问是劫还是缘。"

　　她与他相逢在一个春天。春色撩人啊，直撩得人心蠢蠢欲动，四目相视的那一瞬间，从此，他们再也走不出心里的那个春天了。她看他是杨柳春风，他看她是花色似婉容，他柔情的一句"傻丫头"，却包含着无限的疼惜与爱怜。一个是须眉中的英豪，一个是巾帼里的精品，真是天造一对、地设一双，彼此一见钟情，相见恨晚。辗转反侧，夜不能寐，她总是跟我抱怨："为什么不早一点遇见呢？"我说："不晚，只要遇见，永远不会晚，终究是没有错过彼此，没有与爱擦肩。"

　　在人生的暮春时节，遇见了那个你要遇见的人，不是遗憾，而是成全。每个人心里都装着一个春天，我们都在追求爱的路上，爱与被爱是世间最美好的字眼，怎么能够拒绝呢？就像这蔓延的春色，谁能拒绝得了她的魅惑？

　　爱情的发生，往往是一眼惊鸿。很多人相伴一生也走不进彼此的心，只能以爱的名义维持着亲情；有的人，只一眼，便是天上人间，是"金风玉露一相逢，便胜却人间无数"。那是灵魂深处的邂逅，是眼神里的默契，是两颗心的共鸣。不是每个人都那么幸运的，当你发现，你爱的那个人，也正在爱着你，是何其幸运！

看到微博上女友发来的消息："一辈子至少该有一次，为了某人而忘了自己，不求有结果，不求同行，不求曾经拥有，只求在我最美的年华里遇见你……"我知道，她正沉醉在爱情的春天里，于是回复她："遇到那个想要遇到的人，才是最美的年华，没有早晚。相识是缘，相爱更是不容易，一旦遇见了，那么就请好好珍惜吧！"

女友说，她无法停止对他的思念，就像无力拒绝这诱人的春天，因为他给了她一个绚烂的梦，给了她世间最生动的爱情。绚烂的梦，生动的爱情，念着就让人心动，不禁被他们的爱恋所感染，久久沉醉在这美丽的故事中。

一个情字，伤了多少人，又沦陷了多少心。尤其是女人，明明知道是爱来爱去一场空，却宁愿去做那追风的女儿；明明知道不会有结果，可依然选择飞蛾扑火。爱，真是个魔咒，一旦爱了，就算是杯毒酒，也要一饮而尽；就算是刀山火海，也要奋不顾身。可是，没有人不向往它，假如一个人一生都没有轰轰烈烈地爱过一场，岂不是终身的遗憾？

爱，不需要理由。也许是不经意的一个擦肩，也许是无意中的一次回眸，总有一种温暖，在彼此凝视的眸光里，脉脉流转。一声问候虽简短，却包含着万语千言，于是，尘封已久的心，被春风惊醒。茫茫人海，唯有那么一个他，能读懂你的心；漫漫红尘，总有那么一个地方，是你漂泊的灵魂最终归航的港湾。

我的文字里也住着一座春天，那是我与你的春天。这里有桃红柳绿，有春风十里，沿着一路春，将美好送给心心念念的人。季节的每一处，都有你温情的回眸，我驻足在一树花前，看到的是你的笑颜；我缓步在绿柳如诗的风里，能感受到你的深情款款。看花，看柳，看山，看水，看到的全是你。

想念一个人的时候，就是一段旖旎的好春光，写一页春风，种一路花香。一直相信幸福是一种感受，不一定要去拥有，得到一颗心比得到一个人更珍贵。我知道，今生今世我们也不可能相聚，因为我们无法穿越世俗的万水千山，你的春天，我永远不可能抵达。

原来，我与你，只隔着一座春天的距离。这是一种快乐的忧伤，是一份痛苦的甜蜜。

不过，没关系。我还是会在三月的风里，放飞一线希冀，期待在下一个转角处，能邂逅你。哪怕只一眼，我的心里就会桃李芬芳，那便是你给我的整个春天。从此，见或不见，我都感恩这份情缘。我会在一个春光融融的午后，温柔地忆起你，然后目含溪水，低眉浅笑。那时，满世界的花，噼里啪啦地盛开了。

春天来了，我愿在繁华深处等你。此岸与彼岸，只不过隔着一座春天，我的春天，你是主角；你的春天，我肆意入座。即使不见，我依然会守着那句誓言，将百花看尽，天涯望断。这个春天，就让那些刻骨绵长的思念，随着春草一起葱茏蔓延！春风十里柔情，不如你不离不弃的陪伴，与你一起花间筑梦，共守彼此心中的那个春天。

　　或许，每一朵花，都是为了等待那个懂她的人来解花语，那么，请许我以一朵花的姿势，开在你的心里，开在你的春天里，即使不美丽。相逢一场，花开不知年，愿得一心人，白首不相离。

春游桃花源

"人间四月芳菲尽，山寺桃花始盛开。"

在这个美丽的季节，带上一份美丽的心情，循着春的脚步，踏着春之序曲，三五知己同行，赏花去。

"沾衣欲湿杏花雨，吹面不寒杨柳风。"

相约春天，相约一份美好，一行人驱车来到市郊区的黄河涯万亩桃花源。尽管天公不是很作美，时阴时晴，但丝毫不影响人们春游的好心情。四面八方赶来的，游人如织，人来车往，延绵不断，热闹非凡。因为桃花的花期很短，也就十来天，如果错过了花儿的绽放，也就错过了一年一次的桃花缘。

或许，最美的风光，一直在路上吧。一路走来，宽阔的道路两旁，盛开了各种各样开花的树。我们忍不住驻足观赏，那一帘帘翠绿，迎风飘逸，还有那粉红、嫩白、艳紫、金黄的花树，五彩缤纷、旖旎成画。

带着点点新绿，跳入眼帘，眸光顿时被漂染得无比温润。

春天，像个待字闺中的俏佳人，清新靓丽，花枝招展，夺人魂魄。

来到了桃花源，我们急不可待地下车，真是名不虚传。一株桃花盛开，便已经令人欣喜不已，何况眼前是万里桃园啊！那气势、那场景，是怎样一场惊人的盛宴！想想都是令人神往的。朋友说："前几天来时，正值含苞待放，现在正当时呢，桃花开得正热烈，不过很快就会凋零的。"

是啊，有花堪折直须折，莫待无花空折枝！

"双飞燕子几时回？夹岸桃花蘸水开。"

剪剪春风，吹红了桃花的笑脸，我们踩着细碎的光阴，披着明媚的春光，行走在熏香的春天里。天空，在姹紫嫣红的春色映衬下，显得更加清澈湛蓝。风吹过，片片花瓣飘落，空气中氤氲着花香的味道，深深吸一口，沁心入脾，令人沉醉！心也柔了，风也暖了，人也变得轻盈了，似乎要飞起来。

"陶令不知何处去，桃花源里可耕田？"

仿佛走进了陶公的世外桃源，置身于这样一个如诗如画的人间仙境，良辰美景，一片粉白嫩红，如烟缭绕，如岚叠嶂。那粉色的素笺上，轻柔地滑落着一帘幽梦，浅淡地抒写着一脉心香的流年。你伸手，就可以掬一捧春光，徜徉在一片绚烂的花海里，怎样的情怀不柔婉起来，怎样的思绪不荡漾开来？

　　同伴们开始忙着拍照，我和女友都爬到树干上，或是站在花间，一个个笑逐颜开，春风满面，流连忘返，沉醉不知归路。抬头是白云蓝天，低头是桃花艳艳，更何况还有知己同行相伴，妙语连珠，笑声荡漾在春风里，绵延不断。

　　此时此景，仿佛又回到了那青葱岁月的学生时代。回首那一场青春的花事，还没有来得及好好珍惜，转眼便了无痕迹。尽管岁月忽已晚，而一颗年轻的心，一直雀跃着，始终不曾改变。

　　人生最开心的，莫过于身边有那么几个知己，你只有活在知己的世界里，才能找到真正的自己。人越老心越淡，知道哪些该珍惜，哪些该放弃，不论你经历了多少繁华满枝，最终都会慢慢归于秋叶飘落的平淡。世界之大，能够陪在你身边的，也就那么几个或几十个人吧，到了一定的年龄，只有健康快乐才最重要。风尘老却少年心，时光遁去无声，更应惜取眼前，"人生得意须尽欢，莫使金樽空对月。"

　　我们总是太忙，忙得没有时间去享受，没有时间去快乐。工作、事业、人际，忙忙碌碌追逐了一辈子，不断得到，又不断地失去。到最后，风光有了，名利有了，心却累了，你会发现，那些所谓的光环，只能带给你一时的明艳。人生最终所追求的，不过是身边那些简单寻常的小自在、小幸福而已。

　　不要把幸福构筑得那么遥远，幸福不是镜中花、水中月，更不是空中楼阁、梦里童话。有时候需要放下一些执念，你会发现，你所要的幸福，就在身边，你需要珍惜的，是好好把握眼前，认真快乐地过好每一天。

　　桃花朵朵开，真是乱花渐欲迷人眼，这一季花开灿烂，迷离了谁的笑脸？韶光容易逝，春光惹人醉，尽管花开只是一瞬间，但我很荣幸，没有错过你盛放的容颜。仍然相信，与你的相约，是我年华里最美的遇见。

　　如若可以，我将以文字的形式，记载下这一次美丽的相遇，雕刻住这一段馨香的回忆。待到某年某月的某一天，我会依着春风的讯息，再次翻阅起，唇边，一定还会有一丝浅笑。想起桃花源，想起曾经的笑脸，想起曾经有个你，有个我，一起花间筑梦的流年。

杏花一支墙外香

"春日游，杏花吹满头。"

又是一个烟柳含翠、杏花飘香的季节，人们纷纷奔向户外，去看杏花，那是专门种植的成片的杏林。而我喜欢的杏花，不是这样子的，她应该开在人家的院子里，是小家碧玉，欲语还休。不是为了供人欣赏去占尽春风独一枝，就是全部的美。

许是与年龄有关，越来越喜欢怀念。人生有许多的经历可以忽略不计，而唯一走不丢的，是童年的美好回忆。那些蛰伏在心底的往事，总会在某一个似曾相识的场景，在某一个熟悉的瞬间，犹如春风十里，与你撞个满怀。

对于家乡的巨变，我有一种说不出的滋味，看惯了城市的高楼大厦，那些激不起我内心的一丝涟漪。我还是喜欢我童年的故乡，土坯房，炊烟起，菜根香。

　　当我沿着一路春色，走在通往童年的路上，恰好与一枝杏花相遇，一眼惊艳。那是一座破旧的院落，简陋的坯房，斑驳的墙壁，残垣断壁上，一枝嫣红斜出墙外。那一瞬间，我仿佛又回到了童年……

　　小时候，院子里有一棵杏树。每年的春天，杏花是第一个开花的，其次才是桃花、梨花。杏花一开，春天才算真正地到来了。那些花瓣粉红嫩白，风一吹，簌簌而落，像一只只翩翩飞舞的蝶，美极啦！年少的我们在树下捡拾着那些花瓣，看燕子啄新泥，像蝴蝶一样追逐着那些花儿跑，也会摘几朵插在发间。

　　待到桃李谢尽，碧绿的榆钱又缀满枝头，这下可忙坏了我们这些贪吃的疯孩子，纷纷像猴子一样爬上树捋榆钱。一边吃一边往兜里塞，拿回家还可以叫母亲做成榆钱饼，非常好吃。

　　春天的野外，是我们的天堂，麦苗碧绿，成了一片绿色的海洋。这个时候会去拔野菜，那些鲜嫩的野菜成了当时慰藉味蕾的美味佳肴。当然最开心的还是玩耍嬉戏，往往是野菜还没拔多少，便把镰刀一扔，几个小伙伴凑在一起，拿着自己制作的简易风筝，戴着用柳枝编制的草帽，在绿色的田野里飞跑欢叫。

　　河岸上的油菜花开了，我们或捉迷藏，或追赶着一只大花蝴蝶，或趴在地上看一群蚂蚁觅食。还会沿着田埂、沟边去找寻茅草尖，小心翼翼地抽出来，然后吃那些白白软绵的略带甜味的嫩芽。

杨花落尽后，树上长出了鲜嫩的叶子，这时候，金龟子便出现了。每到傍晚，它们会爬满枝头和树根部松软的土壤里。不一会就会捉满一瓶子，拿回去可以喂那些贪吃的鸡和鸭。直到袅袅的炊烟升起，远远地听见母亲的呼唤，我们才恋恋不舍地往回走。

如今，故乡的杏花又开了，柳树也绿了，我却不知道时间都哪儿去了。但那段如花般的童年时光，依然会在记忆深处，留下一缕岁月的馨香……

花开时节恰逢君

不知不觉，春天迈着轻盈的步履，莲步轻移，悄无声息地款款而来了。

推开窗，眼前是一派明媚的春光，尽管还没有显现她曼妙的风姿，但春的讯息已经潜入心底。那蛰伏了一季的枯草，也露出了隐隐的绿意，小鸟栖息在枝头上，有点迫不及待，声声婉转地鸣叫，似乎在唤醒着桃红柳绿尽快到来。和煦的春风吹醒了大地，也温暖了人间，唤起了心中的美好与期盼。

春暖花开，总想采撷一袭明媚鲜艳的色彩，植一枚粉红色的心事入怀，让桃红柳绿的芬芳，晕染了一季的春光。让蛰伏了一冬的眷恋，终于迎来了这一季锦瑟韶光，温暖而轻盈地在春的枝头上绽放。

春天终于来啦！一年四季中，春，是最惹人怜爱的季节。

昨夜的梦还依然清晰，心随梦动，梦随春动。那是心底里的一首歌，听，那是春的旋律，流年里点点滴滴的欢喜，在内心里随着这音符跳啊，跳啊。和着柔柔的眸光，些许甜蜜，些许慌张，清澈的小溪，静静地流淌。

一纸素笺，一笔凝香，穿越悠悠的岁月，在时光的长河里沉淀，在文字的王国里翩跹。总有一种感动，是穿越灵魂而来的，此岸彼岸，红尘摆渡，只为遇到你今生要等的那个归人。千帆过尽，时光深处，总有那么一个人在为你守候，为你寻觅，两颗心的交集，是生命相逢的美丽，是灵魂的皈依，是流年里生生不息的期许。

始终相信，人生旅途上总有一些邂逅，一见倾心，再见依然，不是恨早就是恨晚，总会在最深的红尘里遇见。风景无限，总会有那么一处，是你心中无可替代的美景。在这个争奇斗妍、姹紫嫣红开遍的春天，邂逅一份美丽如桃花的情缘，心中注满了明媚，眼眸里流淌着温婉。

最美的遇见，不是在路上，而是在心上，最美的邂逅，没有早晚，是心灵的隔世重逢。一眼万年，刹那永恒，是"金风玉露一相逢，便胜却人间无数"，更是"蓦然回首，那人正在灯火阑珊处"。

陌上花开，你是否踏着春的旋律，翩翩而舞？花开时节喜逢君，姗姗来迟的你呀，恰好你来，恰好我在，不早不晚，一挑眉的惊喜，原来你也在这里！

春风吹绿了杨柳，阳光饱满了思念，一季韶光妖娆了锦瑟流年。

一抹温情的微笑，执意在枝头上盛放着极致的娇艳，一次深情的凝眸，注定是人生只若初见的感动。

春天是诗意的，也是羞涩的，乍暖还寒中，犹抱琵琶半遮面，又似一朵半开的莲花，不胜凉风的娇羞。那一低首的温柔啊，回眸惊艳，萦绕着生命里的至诚，是命运的眷顾，是我心中亘古不变的人间四月天。

一些思念，那么近，又那么远，如飘落在风中的花瓣雨，暗香缕缕，盈香满怀。初见的嫣然里，始终婉约着温情的感动，正如灵魂的邂逅，总能唤起两颗心的共鸣。不知，你能否读懂我如莲的心事。我知道，你即使沉默不语，我依然能读懂你，隐藏在时光深处的那些情意，浅相遇，深典藏。我读懂了你脉脉的深情，正如你，也读懂了我临水照花的心境，和为你织就的一帘幽梦。

拾一枚风花雪月，将你我的故事，在心底安放，氤氲了殷殷的期盼，激艳了如水的时光。就让那一阕心念，绽放成一树花香，开满心房，那花，是心的渴望，尽管，是沾了露滴的忧伤。

暖一场相逢，你是我今生最美的邂逅。捻一指花香，书一页明媚，为你静守天涯，红尘相念，只因一份懂得，时光静好，流年的光阴如飘零的花瓣雨，带着幽幽暗香在指间流淌。喜欢在这妖娆的春光里，盈一怀似水柔情，红笺小字，为你谱写脉脉心语，任那淡淡的相思，掠过你的眼，润了我的眸。掌心的记忆中，溢满了初遇的芬芳。

携一份美好，书一笔红尘眷恋，前世注定的缘，一见倾心，再见倾城，回眸嫣然，但惜相见不恨晚。

捻一指飞花，为你留住一瓣心香，珍惜一份美丽的邂逅，典藏一种唯美的心动。阡陌红尘，你是我今生最美的遇见，相约这醉人的春天，与你，共赴一场春暖花开的盛世欢宴！

你从春天走来

　　推开春的门扉，轻轻掀起一帘软玉，我用第一枝新绿，在枝头上写满期盼，去晕染一个春天。

　　人总是要有闲暇的光阴，闲闲地去看一株草，赏一朵花，望一剪流水，观一湖静水，揽一怀月色。然后静坐其间，与时光对酌，放飞着一些漫无边际的思绪，也是一件非常美妙的事！

　　总是不想错过每一处美景。抽出时间，赶紧跑到附近的公园，生怕遗漏了每一个美丽的瞬间。

　　到底是春天了，柳丝开始抽绿，嫩草开始萌芽，草丛里的迎春花，漫山遍野，那一抹娇艳柔嫩的黄啊，浓得就像化不开了似的。碧盈盈的水面，安静得出奇，柳丝也仿佛知其意，不动声色地定格在那里。此时此景，水静，人闲，心幽，景美。虽是错过了落日飞霞，依然收获了一份好心情。

生命里，那些生生不息的念，一直于季节的轮回里辗转。春去春又回，杨柳吐蕊，桃李含苞，绿树枝头春意闹。一剪春风，吹醒了大地，绿色开始蔓延，杨柳依依，一弯碧绿凝翠，承载着一树期许。"绊惹春风别有情，世间谁敢斗轻盈？"春的讯息，温润在一抹新绿里，寂静欢喜。

烟雨红尘，每一天都有相逢与别离，月盈月缺，花开花谢，聚散离合最寻常不过。其实人与人的距离，不是时间和空间的问题，而是心与心的远近，是情与情的相系。南怀瑾说："若心常相印，何处不周旋"，有缘千里来相会，无缘对面不相逢。生命的旅途上，总有那么一处风景，无论经历了多少变迁，依然是你心中不变的永远。

有人说，一些人，走着走着就散了；一些情，处着处着就淡了，或许真是如此。初见惊艳，只不过是一瞬间的事，谁也不能保证一辈子感觉永如初见。物转星移，时光辗转，很多人很多事，都会慢慢变淡。然而，是你的，会一直守候在你身边；不是你的，想挽留也难。最真的情，唯有时间来验证；最真的心，是始终如一的相依相伴。尽管也有争执，也会抱怨，甚至互相伤害，一切的一切，都是为了爱。

倚在春的水湄，天蓝蓝，云淡淡，水碧碧，风浅浅。偷得浮生半日闲，闲暇的光阴，将自己融入大自然，一身素衣，草木闲心，闻花香，听鸟鸣，临春水。翻几页闲书，墨香，花香，水潺潺，日子闲闲，花木深深，小情小意滋生着。

花开了，柳绿了，心醉了！红的宛若眉心一点痣，绿的飘成了风中一首诗。

我希望，我是你窗前的一滴雨，在你发呆的时候，可以这样静静地看着我，一帘细雨，朦胧了心中的期许，点点滴滴，荡起了心里的涟漪。我希望，我是窗前的那一缕白月光，在你凝思的时候，你能读懂我的心思，你能触摸到我的微凉。

我希望，你是我眼中的一束暖阳，能驱散阴霾，温暖着我的心房。我希望，你是我文字里的某个字，在不经意间，跳入我的眼帘，触动了我柔婉的心，念起，你是我唇边的一抹浅笑，宛若一朵桃花艳艳。

喜欢这样的时光，和煦的暖阳，映着我的脸庞，我走进一本书里，邂逅一行温暖的小字，沉醉，遐想。或在一个黄昏即将来临的时候，走进暮色茫茫的杨柳岸堤，这时候，就如同走进温柔的往事里，邂逅一个你。回首走过的路，一半风雨，一半旖旎，一程明媚，一程忧伤，一路山水，一路花香。

春的夜晚，一轮圆月遥挂天边。吹面不寒杨柳风，月拂柳影，心随柳丝飘动。如水的月色，缓缓流淌在心间，此时，心是格外宁静的，一首《弦月》循环播放着，百听不厌。有时候邂逅某件事，和邂逅一段情，仿佛都是命中注定。这首曲子是无意间在一个朋友空间听到的，真可谓一见倾心，再见倾城。静谧的夜晚，放飞的思念，将自己就这样慢慢地融入这幽幽的月色里，融化在这天籁般的乐声里，沉醉、沉醉……

　　期待每个夜晚的来临，这是属于我一个人的世界。靠在夜的怀抱里，于一弯微凉的月色里，打捞着那些忧伤的曾经，柔婉的美丽。那些远了又远的思念，那一抹走散了的容颜，依稀在梦里辗转，仿佛昨日又重现。或许，生命里，一些人，只要来过，就是宿命里最好的际遇，念起，便是眼眸里的一弯碧绿。

　　坐在如画的春天里，风旖旎着柳，柳旖旎着花，我在一朵花前想你，我在一柳绿里念你。一剪素影、一段韶光、一指凝香，远远的，我看见，你从春天，向我走来……

第二辑

在一笺绿韵里读你

布谷声声

"布谷，布谷……"

黎明，被一声声布谷鸟的鸣叫唤醒。

声音由远而近，好像从悠远的山谷传来，又由近而远，余音在广阔的天际间，久久回荡。循窗而望，早已不见了踪影。那婉转的声音里，带着田野泥土的芳香，仿佛沾着晨露般的清幽，我似乎看到了那泛着金黄的麦浪，嗅到了风中那浓郁的麦香。

布谷鸟，这季节的精灵，这再熟悉不过的叫声，在我早已遗忘的角落里，它却执意地将我尘封的记忆唤醒。流年的光阴里，谁也不知道它究竟住在哪里，又去往哪里，只记得，每年，一到麦子快要成熟的季节，它会准确无误地到来。布谷声声，快点播种，它是在催促着庄户人麦子熟了，快去收割、播种，兆示着又是一年好收成，它是大自然的吉祥鸟。

　　儿时的我，经常在田间玩耍。烈日当空，一望无际的田野里，麦浪翻滚，勤劳的人们，头顶草帽，脖子上搭着一条羊肚子毛巾，挥汗如雨，头也不抬地抢收麦子。那丰收的场景，那些远去的欢笑声，又在记忆深处重逢。

　　那时候，每当听到布谷鸟的叫声在村子的上空飘荡，人们就开始为麦收而做准备了。首先是各种中、小农具，譬如，叉耙扫帚、扬场的木锨、镰刀、草帽、簸箕等等，一样不能少。然后开始收拾场院，场院是专门为麦收、秋收而准备的一块空地。先把场院里的地面耙起来，让土松软了以后再均匀地洒上水，然后用牲口拉着一个大大的石磙，一圈圈地反复碾压，为了使其更加结实、更加坚硬。

　　这种石磙是祖祖辈辈流传下来的一种原始的生产工具。在一代代刀耕火种的传承中，它已成为农业生产必不可少的一部分，它和石磨一样，不仅仅是一个时代的符号，更烙印着中国民族的智慧和汗水。至今，我一想到它，就顿感亲切。

　　芒种时节来了，天气也越来越闷热，可村子里却像过年一样热闹起来，男女老少齐上阵。黎明是一天中最出活的时候，天空刚刚泛白，人们就开始牵着牲口，牲口拉着车，车上放着磨得锃亮锋利的镰刀，拎着开水桶，一脸欢笑地纷纷奔向麦田。

　　每逢这个时候，母亲才会把春天仔细珍藏的一坛子咸鸡蛋拿出来，煮熟了给一家人吃，尤其是最辛苦的父亲。蔬菜还没有下来，一年到头经常吃的就是咸菜、玉米粥和窝窝头，母亲把那些老得没法吃带着苦味的香椿叶子切碎了当咸菜。还有更好的，就是春节时，精心腌制的少得可怜的几片腊肉，这时候我们也能有幸尝到一口。把那肥肥的肉抹在玉米饼子上，一点一点地吃，美美地舔一下，满嘴的那个香啊！

看到大人们忙碌的身影，我也忍不住去做一些力所能及的事。只是手里的镰刀老是不听使唤，那锋利的麦芒扎得我手上脸上胳膊上，到处都是一道道红血印子。最累人就是一直弯着腰往前割，因此割不了一垄就坐在那里不动了，看着父母亲割完了再回头割我这一垄，后来母亲就叫我去捡拾麦穗。因为割麦子这种活是最累人的了，哪里是小孩子家所能干得了的呢？看着父辈们辛勤地劳作，一面埋头割麦一面不停地用毛巾擦拭脸上的汗水，那个场景一直烙印在我的记忆中。风风雨雨走过了大半生，至今回想起来，依然记忆犹新。

麦收季节又是容易下雨的时候，农人们最怕就是这个，所以收割完要赶紧运到场院里，借着烈日炎炎的时候，把麦子用叉均匀地摊开，然后还要不断地翻场。待麦子晒得很干很干了，就可以开始轧场了。还是用牛拉着那个石碌，最好是太阳越毒越好，这样麦粒轧得干净。麦子轧好了以后，就是扬场了，选个有风的时候，把堆放在一起的麦粒，一锨一锨往空中扬起。

忙碌的人们，昼夜不停地抢收、抢种，地里、场院、田间小路上，到处是来来往往、匆匆忙忙的身影，一派热火朝天的丰收场景。满脸的汗水，还有晒得黝黑的脸上那满脸的尘土，可是望着眼前就要归仓的麦子，依然是满脸的幸福与满足。因为又可以饱饱地吃上一顿白面馒头了，又可以痛快淋漓地吃上一碗泛着油花的炝锅手擀面了。在那个一年到头只有过年才能吃上白面包的饺子的年代，那个时候最大的愿望，就是能够顿顿吃上白面做的馒头。因此，这些飘着清香的麦子，对农家人来说，是最大的恩惠，是最奢侈的幸福。

而今，我们早就吃上了盼望已久的白面馒头，我们也远离了那个日出而作、日落而息的家乡，自以为过上了幸福的生活。昔日的农村也实现了收割耕种机械化，再也不用为割麦、翻场而受罪了。可是在喧嚣的都市终日忙碌的我们，好像缺失了一种什么东西。忙着挣钱，忙着升职，忙着买房，我们一路奔波，马不停蹄，不知奔向何处，蓦然回首，却忘了自己的根在哪里，迷失了方向，走丢了自己。我们离家乡越来越远，我们离麦田越来越远，现在的孩子甚至分不清韭菜和麦苗，没见过玉米是什么样。他们不明白是这片土地养育了我们，他们不懂得"谁知盘中餐，粒粒皆辛苦。"的真正含义，他们体会不到"春种一粒粟，秋收万颗子。"的万般辛苦。

当空中又传来布谷鸟的叫声，我知道，又是一年麦收的季节了。布谷声声，牵出了一季麦香，也牵出了一段熏香的过往。无论我们身在何处，总有那么一个地方，是我们的根所在，情所依，那里，才是我们灵魂的原乡。

小满，大美

"小满小满，麦粒渐满。"

这个季节，风吹麦浪，麦梢渐黄。火红的石榴花盛开了，一朵朵点缀在浓密的枝叶间，像少女的裙裾，煞是耀眼。樱桃熟了，红红的果子分外诱人，紫红的桑葚上市了，甜甜地刺激着味蕾。浅夏的时光，万物正在走向成熟，多了些许静谧，少了几分疏狂。

越来越喜欢慢，跟着季节的脚步，让时光慢下来，静静地翻阅一本书，慢慢地欣赏一朵花，浅浅地品尝一杯茶。时光清浅，岁月无痕，心中流淌着一首歌，于墨香中寻一份感悟，去回味光阴里的故事，与岁月说一段闲话。平淡的日子，植一片绿荫，将世事依着茶香一饮而下。踏上人生的旅途，让岁月在慢中沉淀，然后安然抵达。

还是喜欢浅夏的安静与清凉，每天去公园散步，空气中淡淡的花香和着草木的清香让人沉醉。一棵一棵高大的花树，茂密的枝叶，泛着金属般的光泽，托着白色的花粒，写意着生命的感动。风带着香气把思绪吹去很远，我看见静寂中一朵一朵的花瓣飘落在地上，那声音显得那么落寞、那么清凉，却又是那样的让人安静。

不由得想起张枣的那首诗："只要想起一生中后悔的事，梅花便落满山头"，是啊，一生中谁没有后悔的事呢？毕业时没有留到那个城市，没有牵到的那双手，一直在后悔，还有那一次在错的时间遇到的那个无比正确的人，恨不相逢未嫁时。为了生活放弃了自己的无限喜欢的文字，以至于荒废了这么多年，才再次与文字结缘。晚了吗？如果早一点该多好，早一点该会是什么样子呢？思绪如落花纷至沓来。

或许，所有的遗憾都是一种成全，人生根本就没有真正的圆满。把逆境当作一种历练，困苦让人走向成熟，所有的经历都是为明天做铺垫。当上帝给你关闭了一扇门，也一定会为你开启一扇窗。人的一生，没有什么是不可以放手的，曾经以为的天长地久，当岁月渐远，你会发现，你曾经以为无法割舍的东西，只是生命的一个瞬间。所有的痛苦、酸楚，不过是光阴里的一个过渡，你应该感激，命运赐予你沧桑，也令你更快的成长。如果没有恶劣的环境，也就不可能造就现在的你。

生命的美好就在于未来永远不可预知，它常常会在不经意间把一些惊喜送到你眼前。看似很突然，其实，所有的结局都已写好，所有的梦想也都已启程，只是等我们一一去验证，去经过它的安排而已。所以，不必着急，不必担心，所有属于你的岁月都会一一呈现给你。尽管我不知道命运将赐予我什么，但我从来不怀疑我会遇到挫折、遇到风雨，同样也会相遇美好、相遇明媚。

　　就像生命中的那些邂逅，猝不及防却又动人心弦，这都是命运的成全，终究不曾错过彼此，就像花朵没有错过春天。一直相信，最美的风景，总是最后才遇见；最好的人，总是最晚才出现。然后陪着日渐丰饶的你，走一路芬芳。

　　或许这一生必须走很多路，有的路是为了道义和担当，有的路是为了喜欢与梦想，而每一条路，都有它不得不去跋涉的理由，每一段路途，都有它不可更改的追求。

　　没有一个人是随随便便就能成功的，所以不要羡慕别人的辉煌，每一个光艳的背后，不知道付出了多少。我们唯一要做的就是坚持不懈，努力地进取，努力了才能看到希望，无论成功与否，都要做最好的自己。

　　这世间，有些路是必须一个人去跋涉，一个人去面对，即使山高路远，即使长夜漫漫，也只是一个人的孤独，一个人的细水长流。我愿享受这份孤独，因为这里有生命的清幽，也是一个破茧的过程。

　　遥望童年的天空，充满了阳光和期望，无所畏惧也无所忧伤，只有欢乐，在我们长长的一生里，是一种永远的等待。总以为老去与死亡是别人的事，和我们没有关系。后来，走着走着才明白，原来岁月会变老，人心会变淡，沧桑不过一瞬间，死亡随时在身边。

人生不可复制，生命不能重启。渐渐地明白，短暂的一生，不要过分地去苛求，不要有太多的奢望。金钱、名利都是身外之物，最重要的是拥有一颗平常心，与这个世界温柔相待，珍惜所拥有的一切，爱你现在的时光。

路在脚下，心在路上，生活在此刻。找到了方向，就要一直走下去，在快乐的心境中做自己喜欢的事情，人生不求圆满，因为否极泰来、物极必反。喜欢这个渐渐丰满的过程，晓得盈满，便是人生最美的佳境。

人世间，没有任何事物是十全十美、完美无缺的。二十四节气当中，有小暑、大暑，有小寒、大寒，唯独有小满而没有大满。

小满，小得盈满，水满则溢，月满则亏，满招损，谦受益。人生，大满则溢，小满则安；爱情，大满则累，小满则适；名利，大满则苦，小满则福。花至半开，酒至微醺，爱在浅夏，小满有大美！

绿树浓荫蝉声长

　　聒噪的蝉声从一片绿荫中传来，一波接着一波，一浪高过一浪，吱吱的长鸣把一个夏天拖得悠长悠长。

　　"高蝉多远韵，茂树有余音。"炎炎夏日，骄阳似火，那一片郁郁葱葱的树木给人们带来了一份清凉。绿是大自然的衣衫，是希望，是生长，夏天最喜欢的是那一抹绿，而蝉声又是和夏连在一起的，蝉躲在浓浓的绿荫里，吸取甘露，临风高歌。蝉鸣的最热烈的时候，也是整个夏季最酷热的时候。

　　在我的家乡，一到了芒种，蝉便出现了。先是试探性的一声、两声，这个时候出现的是一种幼小的蝉，背部和翅膀上有棕褐色的花纹，和树干颜色一样，所以很难看到它。黄昏时候从泥土里爬出来，不过，它不一定非要攀上大树，那些低矮的花草，或者是一个枯枝、小树也许就是它的栖息之处。爬到将离开地面就停在那里等待蜕变。这种小蝉的叫声很单一，又尖又细，像一根细细的长丝线，软弱无力，仿佛一拽就断。

　　我们所说的蝉，一般是指那种大而黑的蝉。要等七月份才出现，这种蝉一叫，蝉的季节才真正到来。它的叫声嘹亮，肉质鲜美，所以是人们捕捉的对象。小时候，每到这个季节的傍晚，我们每人拿一个罐头瓶子，或者捎上一根竹竿，早早地来到湾边那片浓密的树林里去找蝉狗。蝉的出现也是有规律可循的，如果时候尚早，蝉狗还躲在洞里，它会用前爪小心翼翼地将洞口先掏开一个小眼，自己藏在泥土里，伺机便破土而出。有的正在树干上爬，一下子就能逮住了，有的则爬到老高的枝上，我们便借着朦胧的夜色辨别出来，用竹竿把它扒拉在地上。

　　最有趣的是蝉的蜕变，它先用那锯齿一样的爪子牢牢地在树皮上一抓，然后一动不动地慢慢积蓄力量。全身深棕色的硬壳，先是从背部出现一道裂痕，嫩绿的脊背渐渐拱起来，身体不停地抖动，显然是很痛苦的样子。终于它露出了头部，抽出潮湿的皱巴巴的翅膀和腹部的足，最后只剩下仅有的尾部，这时候它会来一个惊艳的动作，腾空一跃，瞬间整个身体倒立。这样挂在风中半天，它的翅膀渐渐舒展，身体慢慢变黑，便抖一抖翅膀，吱一声极快地飞向绿荫中了，留下一个空壳在树上。小时候曾经帮蝉脱去硬壳，结果蝉的翅膀却再也伸展不开了，很快奄奄一息了。大概痛苦只有自己承担，才能完成蜕变，而别人是无法越俎代庖的吧。

　　据记载，蝉的一生都依附于树木。幼虫时，刚隐于地下便靠吸取树根的液汁生存。在长达几年漫长的幽居时光里，没有光明，只有黑暗，没有繁华，只有孤独，在潮湿的泥土里自己拥抱自己，等待破土而出，等待生命的质变，等待光明的到来。因此，蝉的生命只属于一夏季，在短短几周的生命里，它极力地歌唱，不鸣则已，一鸣惊人，不飞则已，一飞冲天。那一声声嘶鸣，都是对美好的追求，对光明的向往，对自由的呐喊，对生命的渴望！

夏天的午后，烈日当空，蝉在湾边以及人家房前屋后的柳树、榆树、杨树和枣树、梨树上歌唱，是蝉鸣更热烈、更旺盛的时候。那叫声，时急时缓，或长或短，一时成了夏季的主旋律，它们的交响乐成了人们午休的催眠曲，吱——吱的叫声编织成一帘细密的清梦，萦绕在耳畔。整个夏天，那蝉鸣就不曾间断。很多时候人们竟忘了它的鸣叫，实在因为这种声音是和夏天与生俱来的，只要有夏天，就有绿荫，有绿荫就有蝉鸣。

对于从不睡午觉的孩子们，浓浓的绿荫却成了我们的快乐园。粘知了，找蝉蜕，知了给贪吃的鸡鸭改善了伙食，至于那些蝉蜕可是我们的宝贝，因为它是一种药材，供销社要收购，虽然卖不了多少钱，但对于那个年代来说，却诱惑着我们小小的心，满满一袋子蝉蜕换来几毛钱，已经很有成就感了。

回想那个时候，快乐总是那么多，打方块，摔泥碗，更有趣的是溜到清凌凌的湾里去逮小鱼、捉泥鳅。整整一个夏天，我们在快乐地玩耍，蝉在使劲地歌唱。它们是为生命而歌，为明媚而歌，为快乐而歌，把最美的旋律和最深的眷恋，都献给了夏天，献给了养育它们的那片绿荫。

吱——吱，窗外蝉声又起，绿影婆娑，清凉的夏风，把那些美丽而温馨的记忆吹得渐渐远去……

大暑

七月流火。

进入大暑，天气愈加炎热起来，连续几天的高温持续不断，空气沉闷得就像个蒸笼，稍一活动就一身汗水。躲在空调屋里不敢出门，只要迈出脚就被裹挟进滚滚热浪中，人就像被扔进太上老君的炼丹炉里，炙热难耐。有人说，把鸡蛋打在水泥路面上，一会就熟了，这桑拿天，热死啦！这样的天气适合闭门修炼了，看看能不能练就一双孙大圣一样的火眼金睛。

在微信上发表了这条说说，立即引来许多人的捧腹。热，是真热，俗话说，冷在三九，热在中伏，大暑是一年中最热的节气了。可那些绿色的植物们却是不怕热的，越热它们越喜欢，撒着欢地长。你看，屋檐上那一丛蓬勃的凌霄花，绿意婆娑，花枝招展，在高高的风里，它手舞足蹈、笑意盈盈。窗前那棵美丽的合欢树，恣意地舒展着柔媚的情影，浑身缀满粉红的毛绒绒的小花，像一把巨伞，撑起了一片绿荫。燥热的心，顿时变得清凉无比。浓郁的花香，和着滚滚热浪阵阵袭来，绿满仲夏，香盈一季，经久不散。

生命就是一场花开，无论多么恶劣的环境，都要尽情绽放，活出一份优雅。

值得赞扬的还有夏蝉。越热叫得越响亮，一波接着一波此起彼伏，让人联想到大锅里烧开的水，热烈地沸腾着。漫长黑暗的幽居时光，只为了一季短暂的夏而放声歌唱。它们是在为自由而歌，为光明而歌，为快乐而歌，为生命而歌。

万物都在繁衍，生生不息。

记忆中的童年，夏天是我们的快乐园。

夏夜，人们坐在星空下，树上吱吱的蝉鸣和水里鼓鼓的蛙声，以及草丛间啾啾的虫声交织在一起，是一种别样的热闹，让夏夜显得更加幽静。大热的天，人们也不急，说，夏天就是该出汗的，越热庄稼越长，不热怎么会有好收成？不信你蹲在玉米地里听听，能听到玉米拔节的声音。所以他们心境坦然，轻轻慢摇着蒲扇，闲话家常。村头那个水湾是最好的去处，大人孩子都跳到水里，嬉笑怒骂非常热闹，清凉的水驱散了一天的疲惫和燥热。

孩子们有时依偎在大人身边，听故事，看星空，不过多数情况下听不了几句就跑开了，因为好玩的太多了，在场院的草垛间捉迷藏，去树林里捕蝉，也捉萤火虫，放在透明的瓶子里。玩累了就躺在草垛上数星星，看北斗，这是一天最有意思的时光。

那个时候还没有暑假和寒假，只有麦假和秋假。所以最炎热的伏天也要上学，只不过劳动课多一些，因此经常给生产队做一些力所能及的活。比如，给牲口割草，去庄稼地里逮害虫，这个时节干的最多的就是逮害虫，棉花地里的或者玉米地里的害虫。因为那个年代几乎没有什么农药，都是靠人工捕捉。一只只的虫子和飞蛾被我们捉回家，还能给鸡鸭改善伙食呢。

大热的天，热的汗流浃背，就到河边洗个脸，也没感觉多么枯燥乏味，倒是津津有味，满头大汗跑回家，拿起水缸里的瓢咕咚咕咚就喝。在那没有空调冰箱的过去，蒲扇慢摇的岁月里，吃上一块井水冰镇的西瓜，透着清凉和甘甜，心中的喜悦早已驱散了那滚滚的热浪。那个时代人心是单纯的，快乐是简单的，因此不会像现在这样浮躁和不安。

没有电视甚至没有电灯，更没有现代通讯的微信和 QQ，可人们依然活得悠然自得、自在轻松。因为他们懂得顺应天时，随遇而安。正如白居易的《销夏》："何以销烦暑，端居一院中。眼前无长物，窗下有清风。热散由心静，凉生为室空。"

起身为家人和自己做一份爽口的凉面，外加一碟苦瓜炒肉，再来一碗绿豆汤，消暑又清凉。大暑，守住一颗静心，不忘初衷，燥热的世间，自会有一份清凉、一份自在与安稳。

莲心

　　六月，莲花盛开了。清澈的水，微凉的风，翡翠碧绿的荷，托起朵朵淡雅的莲，亭亭玉立，婀娜多姿。摇曳着一池清幽温润的时光，吟唱着一曲云水禅心，吐露着清雅醉人的芬芳。

　　一池宁静，云淡风轻。清水出芙蓉，看取莲花心自静。披一身霞光，将浅浅淡淡的心事，温婉成莲的心语，种在碧绿的梗上，便有几朵袅娜的嫣红，悄然绽放。那氤氲的花香里，晕染着我满怀的情愫，素色流年，只待那个懂我的人，路过我的池塘，驻足凝眸，与莲对望。

　　你来了，嗅着莲的清香，醉在幽幽莲韵里。你用温润的掌心，托起一枝清雅的莲，你爱怜的目光，盈满了欢喜。那份暖，触及了莲心的柔软，平静的心湖里，晕开了爱的涟漪。只一眼，便穿越了千年的思念。那一场云水间的邂逅，嫣然了莲的心事，氤氲了一帘幽梦。

　　你我的相见，犹如荷风幽幽凉，莲花初初艳。我是你心中那朵清雅的莲，你途经了我的盛放，无语凝眸的笑容里，掩饰不住你的欣喜若狂。遇上你，是我今生最美的缘，我就是你前世五百年前遗落的一粒莲子，守候了千年又千年，只为在最美的年华里，与你遇见。

习惯了在一纸墨香里续写今生的故事，却不知无意间丢下的文字，何时惊艳到了你。从相遇的那一刻起，你便一直在我的世界里幽居，走一程山水，遇一处美景，念一个你。万语千言堆积在指尖，千般心事，万般深情，你是我落字为安的心心念念。

或许是我对于人生没有太多的要求，所以生活总是常常眷顾于我，给我意外的惊喜。感恩那场云水间的相逢，在你凝眸的那一刻，我所有的美丽，便实现了它的归属。一朵花，因为有人欣赏才芬芳，一个人，因为有人懂得才相惜。研一池墨香，织一帘幽梦，我在融融的月下，斟满思念的杯盏，只为等你来，赏莲韵悠悠，相逢不语，浅笑嫣然。

一次驻足，一次回眸，相见恨晚里，绵延了多少心动？如果说世间所有的相遇，都是久别重逢，那么，你我的邂逅，要经历几个世纪的修炼才能完成？感谢命运，于千万人中，在时间无涯的荒野里，你带着春光明媚的温暖，奔赴到我的生命里。恰好你来，恰好我在，便是上天最好的安排。

有人说，恋上一座城，是因为城中住着喜欢的人。总想离你近一点，再近一点，即使不能天天相见。呼吸着你呼吸的空气，踩着你走过的路，赏着你看过的景，看着你路过的花，那里还留存着你熟悉的气息。看花，看树，赏月，听风，看到的都是你，这种感觉已经很幸福了。

喜欢于无人的角落，在文字里与你诉说衷肠。把你对我的好，一一罗列，细细品尝，你深情不语的样子，一次次在我脑海里飘荡。与你相处的每一寸时光，总是诗意飞扬。感谢你，风雨中，用你坚实的臂膀，为我撑起一方晴天！有你的陪伴，寂寞的年华里，再也不会孤单。

阡陌红尘，百转千回，只为遇见那个无比正确的人。懂你，何需千言万语，再多的表白，不如一件事来得实实在在！遇见你才明白，有一种爱，不说情深，却始终最深情，默默的牵挂，无言的关爱。总有一种邂逅，会温柔了岁月，总有一种遇见，惊艳了流年。

缘分真的很奇妙，有的人相伴一生，也走不进彼此的心灵，而有的人，只需一眼，便再也走不出彼此的牵绊。感谢漫漫红尘里能与你遇见，感恩这一程相携的暖，你是我生命里最深的感动，是我今生最美的相逢。让所有的走过，一路芳香，所有的经历，值得收藏。

我愿在如水的光阴里，做一朵素雅的莲，远离红尘喧闹与纷争，活出一份从容、一份清简，把淡淡的清香、浓浓的眷恋，交付于你，交付于流年。让最深的执着和最真的情意，幻化成娇美的容颜，在荏苒的岁月里，只为懂得并珍惜我的人，绽放生命的华彩。

当清凉的荷风在眉间飞扬，当思念的潮水在心湖里荡漾，当深情生成葱茏的模样，当掌心溢满你给我的暖，请许我，用琉璃为盏，将相遇的美丽，旖旎成一朵莲的芬芳，沾露凝香，一笺莲语，温润成最美的诗行——寄给你。

此情可待，念念不忘！

芙蓉花开

芙蓉树，又名合欢树、马樱花、绒花树，在我们这里习惯叫她芙蓉花树。

芙蓉树形姿态优美，冠状如伞，叶子别具细致，清新有序，犹如含羞草，昼开夜合。最美的，当然是那开在绿枝上的朵朵伞状的小花，浅红、深粉，纤细的羽毛般的花朵，着实惹人爱怜。还有那浓郁的醉人的花香，忍不住叫人驻足流连，频频回顾。

每年的浅夏，是芙蓉花盛开的季节。那一树一树粉状的小花，开满枝丫，在蓝天绿树间，尤为新奇壮观。清幽的绿荫下，朵朵粉红的绒花，争奇斗妍，忍不住采撷一朵，深吸一口，色香俱佳。心里像吃了蜜一样，满满地流淌着香香的甜。她没有大家闺秀的雍容华贵，却有着小家碧玉的玉体粉面，柔美的身姿、娇美的容颜、十分招人喜欢。

最初见到芙蓉花，是在我小时候，也是父亲上班的小城。我认为她和梧桐花一样，都属于城里的花，因为乡下极少见到的。城里的街道上，除了梧桐就是芙蓉，当淡紫的梧桐花凋零后，紧接着上场的就是这玉体粉面的芙蓉花了。

那娇小玲珑的体态，那浓浓的花香，扑面而来，我从来没见过这么喜人的花，高兴得手舞足蹈，非叫父亲摘一朵戴在我发间，美美的。许是儿时的幸福就是这么简单，一个小小的心愿，就能满足，即便是能握在手心里的一枚糖块，或是一株可爱的花草。

伯父家的院子里，也有一棵芙蓉树。伯父是我父亲的表哥，那时候他和伯母还有父亲都在商业局上班。我经常去父亲那里住，所以也自然而然地成了伯父家里的一分子了。伯父家有三个男孩，两个表哥一个表弟，个个长得都很帅气。

在这个家里，我最敬佩的一个人，就是我的伯母，她像对待自己孩子一样的百般照顾我。在我的记忆里，伯母不仅长得美丽，而且心地善良，气质优雅。她有着同圣母一般美丽的容颜，说话和声细语，举手投足间，流露出一种骨子里的迷人的气质。据说，年轻时是个美人胚子，有不少的追求者，最后，终于和潇洒英俊的伯父走到了一起。

大人们去上班了，我们小孩就一起在芙蓉时下玩耍。花开的日子，满院子香气袭人，那是我们最高兴的时候，摘几朵插进喝水的杯子里，于是，花香就溢满了整个房间。我们还在树下跳皮筋，玩方格子游戏，弹玻璃球，捉迷藏。那些童年的时光，就这样香香地过来了。

　　两个表哥很调皮的，有时候跟他们跑出去，满大街乱闯，我跟不上他们，几次迷了路，为此伯母没少训斥表哥。我最喜欢的还是那个小表弟，温顺可爱，我们玩得最默契。特别喜欢他笑起来的样子，稚嫩的脸上，透着天真与烂漫、聪慧与机敏，像极了《闪闪的红星》中的潘冬子。

　　伯母还经常给我们买些好吃的，在我的记忆里，她永远有着一张微笑和善的脸，从没有和谁发过脾气，而且，心善得像个菩萨。一次，来了一个衣衫褴褛的乞讨者，她给了那人一个馒头，又从兜里摸索了半天，掏出 10 块钱，那时候她的工资也不过几十元吧，这 10 块钱足够一家人少半月的伙食费了。而她说，他比我们可怜。

　　我依稀记得母亲生小弟弟时，是在半夜，那时候没有救护车，伯母和父亲就用手推车将母亲送到医院去，她还一直陪伴着母亲。月子里，也是百般照顾，无微不至。

　　上学以后，我很少去伯母家了。三个表兄弟也都陆续上学，然后参加了工作，我也通过考学有了一份比较安稳的职业。又同在一个小城了，所以经常去看望伯母他们。而每次去，伯母都不让我下厨，连两个结了婚的表嫂也一样，她谁都不让干，都是伯母一个人干，她说，我习惯了，你们年轻，别弄脏了衣服。

　　弟兄几个中，小表弟是最有出息的一个。他去了市里的一个星级宾馆，不久被提拔成前台经理。正在事业蒸蒸日上的时候，风华正茂的他，却在一次意外的车祸中丧生了。那也是一个芙蓉花开的季节，一个年轻的生命，花一样的年华，就这样，永远定格在那美丽的一刻。

此事没敢告诉伯父伯母，怕他们受不了白发人送黑发人的悲惨。于是，给他们编了一个善意的谎言，说表弟出国进修了，需要好几年的时间。一年一年树绿了，一季一季花开了，可是，表弟再也回不来了。

又是一个六月的浅夏，我去看望伯母，伯父已经去世了，到死他也没问表弟的事。心知肚明的二老，早已明白了，或许，不问，更是一种理智的选择，也是一种最好的方式吧。

一走进那个熟悉的小院，我就闻到了一股浓郁的花香，我知道，那是芙蓉花的香气。几年不见，高大的树冠更加郁郁葱葱，遮住了整个院子。伯母苍老了许多，本来就有关节病的她，现在背也驼了，腰也弯了，行动不能自理了，整个人蜷曲在轮椅上，早已失去了当年的风华。

表哥说："她时而糊涂，时而明白，可能会认不出你了。"当我说出我名字时，伯母居然记起来了，还问了我的工作和生活等等。一会，又叫表哥过来，表哥说，妹妹来了，我和妹妹说说话。表哥说："她就这样，经常让我过去拉住我的手，什么也不说。"我于是上前，握住她那布满皱褶的手，就像小时候她牵住孩子们的小手一样，或许只有这样，她才能心安。

岁月如刀，刀刀催人老。一年又一年，那棵芙蓉树越来越丰茂，而树下的人，却越来越苍老。历经半个多世纪的风吹雨打，她早已像枝头上的花，慢慢枯萎，即将凋零了。

　　岁月究竟在她身上留下了什么呢？伯母不说话，目光久久地停留在那一树繁花上，那些殷红的花朵，肯定在她的眼里，在她的心里，疼痛地盛开着……

夏日，听雨

　　夏季，天气沉闷得像个蒸笼，空气潮湿得仿佛能拧出水来。院子里的墙角边以及树干上，爬满了一个个小小的可爱的蜗牛，那里，似乎变成它们的天下了。就连那扇木门的下端，因为阴雨连绵，竟然长出了几朵鲜嫩的木耳来。阳光毒辣，树却越发绿了，枝繁叶茂的，风吹过，婆娑多姿地舞蹈。

　　整个夏天，一直蜗居在家里。入伏以来，天气愈加炎热，且多雨，像极了江南的梅雨季节。都说夏日的天，孩儿的脸，说变就变，刚才还是晴空万里，一会就乌云密布，天空低得仿佛要垂下来。山雨欲来风满楼，一场大雨蓄势待发，汗水淋漓中总希望暴风雨来得更猛烈些，也好驱散心中的燥热与不安，还世界一个清凉。

　　喜欢听雨，喜欢在飘着烟雨的日子里，一杯清茶，一个人，静坐窗前。听窗外雨滴打在屋檐上，落在树叶上，然后又跌在如镜的水面上，溅起点点水花。那些水花欢快地跳跃着，像一个个跳动着的音符，嘈嘈切切错杂弹，大珠小珠落玉盘。

隔帘听雨，听的是一种心情，品的是一种意境。总觉得夏雨是一支天籁之声，是一首天地间浑厚雄壮的交响乐，在尽情地弹奏着生命的热烈与奔放，洗涤着世间的喧嚣与尘埃，让岁月之花愈加绚烂芬芳。

透过一帘细雨，看时光跌落，思绪开始荡漾起来。想起遥远的童年时光，在生我养我的那片故土上，那里留下了我太多太多美好的回忆，那里安放着我儿时的快乐，那里更有雨的诗意，而每一个故事，多数都和雨连在一起。

在我的记忆里，雨是最宠爱乡下的。千万条雨丝，像一串串水晶穿成的银链，无边无际地蔓延下来，缠绵着一眼望不到边的绿，带着那样一腔热情，亲吻着大地，植被们都伸出手臂，欢呼着，跳跃着，像吸吮母亲丰沛的乳汁一般，贪婪无比。在那个靠天吃饭的年代里，雨水是大自然最好的恩泽，更是农民们最大的欢喜。看着雨哗啦啦地下，老人们笑了，笑得胡子颤巍巍。雨把庄稼洗得更加鲜绿，大人们笑了，赶紧跑到田里，看着一片喜庆的绿色，好收成在眯缝着的眼中跳跃。一年到头，还有什么比风调雨顺、五谷丰登更让农民惊喜的呢？

小孩们是不懂那些的，我们只顾在雨中嬉戏，好像如鱼得水，全然不知早已被雨淋湿。有时也跟在大人们的后面，赤足走在田埂上，闻着泥土的清香，采下路边还带着水滴的野花，将花别在发间。童年小小的手里，总是捧回一把鲜艳的花朵。大人们看见了，总是忍不住笑笑说："瞧，这丫头，还知道臭美。"

村旁的那一方池塘，是我们最美好的向往。每到夏季，一片碧绿如翡翠的荷，叶叶相牵，托出朵朵清新淡雅的白莲，迎风起舞，亭亭玉立，风姿绰然。风动荷香，柳醉荷塘，看鱼儿在绿荷间嬉戏，几个调皮的男孩子会立即跃入水里，抓几尾小鱼小虾，还会摘几朵莲花或者荷叶送给我们。天晴的时候，我们顶在头上当作遮阳伞，下雨的时候，我们会戴着绿绿的伞在雨中奔跑，欢笑。雨打莲荷，点滴都是童年的美好。

最有趣的是，刚刚下过雨不久，我们去寻蝉。这时候的蝉，不会等到天黑下来才钻出洞，因为雨水的浇灌，它早早地爬了出来，所以很容易看见。我们走进幽静的树林里，尽管树上还有雨水落在身上，但丝毫不影响我们快乐的心情。此时的蝉狗，不像平日里带着一身的泥土，已经被雨水洗刷得很干净，我们小心翼翼地把它装在瓶子里，然后拿回家，母亲会把它们再冲洗几遍，用盐腌制一下。于是，晚餐的饭桌上，又有一道诱人可口的美餐了。

说起吃饭，那时候没有零食可吃，每到夏季，田里刚下来的瓜果，便成了我们最大的诱惑。而偷瓜摸枣是我们经常干的事，一到瓜田里，看到那些白白的脆瓜、青黄的甜瓜，一个个像憨厚的胖娃娃，刺激着我们的味蕾。夏雨落下，晶莹的雨滴滋润着诱人的瓜果，馋得我们忍不住下手。瞅准机会，我们专拣那些熟透的甜瓜，也顾不上洗，用手呼啦呼啦就吃。吃完了，再摘两个，藏在怀里，赶紧逃离。其实，看瓜的爷爷早就发现我们了，他是故意装作不知，躲在茅草棚里不出来。待到跑远了，我们隐隐地可以看到他正在整理被我们祸害得一地狼藉瓜秧。

傍晚时分，暮色四合，夕阳褪去了最后一抹残红。这时候如果恰好来一场雨，是最好不过的。雨不是那种大雨，是绵绵细雨，撑一把伞，漫步在田间小路上，听雨滴落在伞上，滴落在绿色的叶片上，滴落在花间野草上，沙沙作响，无比曼妙。呼吸着带着泥土芳香的清新空气，看眼前一帘潇潇暮雨，朦朦胧胧，空灵而诗意。

此时，脚下是一片葱茏的绿色，眼眸里流转着丝丝缕缕编织的雨帘，耳畔是此起彼伏的蛙声、蝉鸣，还有倦鸟归巢的声音。雨中泥泞的路上，有荷锄而归的老农，也有牵着牛的村妇，慢悠悠地走着，因为雨不大，他们也想再沐浴着一身的清凉，驱散一天的劳顿吧。村庄的上空，升腾起缕缕炊烟，袅袅娜娜，仿佛飘出了饭菜香，以及母亲唤儿回家的声音，久久地在炊烟里回荡。

乡下的这种宁静，也只有在这里，才能感受到人与大自然的和谐默契。远离了城市的喧嚣与浮躁，在一片清幽的意境里，与自然，与灵魂，与自己，邂逅重逢。听雨，可以忘却了自己，可以穿越了时空。漫步在雨中，世界仿佛平添了几分诗意、几分宁静、几分淡泊、几分洒脱。

或许是越老越容易回忆过去，年龄越长，越喜欢清心寡欲。隔着一帘烟雨，与遥远的时光相望，那些如水的流年，那些青翠的过往，早就雕刻在记忆的长廊，活色生香。看雨中花与叶相依相偎，一树树鲜绿在风雨中尽显妩媚，一种快意涌上心头。

八月未央，流年辗转，花落有声。夏末的风，送来一丝清凉，夏日的雨，带来一抹诗意，我站在季节的拐角处，总会被眼前的景色所感动。

听雨，檐下，田间，窗前，缠缠绵绵，缥缈如烟。任思绪漫过无际的天空，在雨里飘扬婉转。听时光之弦，弹奏着清绝的回音，雨如丝，水如玉，丝丝拨动着心底那份柔婉。

我想，在夏日听雨，那每一声，每一念，都生成了一支静莲，在停滞的时光中清丽婉转。

清凉一夏薄荷香

　　一簇新鲜的薄荷，一只透明的杯子，一卷淡淡的墨香，一杯清凉温绿的薄荷茶，置于案前，伴我度过一个漫长而沉闷的酷夏。

　　薄薄的叶片，如水草一样在水中摇曳着，晕着淡淡的浅绿，那绿浸在水里，轻盈而柔软，淡雅而飘逸。尤其是那一抹氤氲的清香，袅娜缭绕，久久飘荡，连空气也净化得格外清新宜人。坐在盈满薄荷香的屋子里，品一口碧绿的薄荷茶，那沁人的香气，直抵心肺。喉咙里与唇齿间有一股凉丝丝的气流在升腾，瞬间便感觉整个人神清气爽，由里往外都是那么清清爽爽、明朗通透。

　　也许每个人的味觉不同，我独爱薄荷和汽油的味道，因此无论坐多久的车，我都不会晕车的。那种味道对我来说简直就是一种享受，我会深深地去吸。对于薄荷的偏爱，不知道缘于什么时候，一切含有薄荷香的东西我都是情有独钟，薄荷糖、薄荷牙膏等，爱不释手。而真正与薄荷相识，是在一个朋友家。她家门前种了一垄薄荷，一见就喜欢上了，它们挤挤挨挨地生长在一起，那么清新碧绿，远远地就闻到了一股清香。

她说，这东西能驱赶蚊子，还能泡茶喝，清心的，它还特别能"印"，你拔几棵回去栽上就活，不久就能印成一大片。

她说的"印"，就是繁殖能力强的意思。于是，拿回几株，在后院的枣树下面，还有门前用砖铺成的地面的缝隙间，也种上几株。浇上水，就把它搁置在那里了，以后，我忙我的，它长它的，似乎两不相干。

隔一段时间再看，我才发现，那一片绿已经蔓延到门口，就连旁边堆放的一摞砖的缝隙里，也挤满了幼嫩的芽，到处都是薄荷的子民。真是能"印"啊，像复印机一样，一印一大片。它们不分彼此，盘根错节，泥土下匍匐，四处里纵横，恣意而任性，蓬蓬勃勃，葳蕤成诗。

从春天的第一枚嫩芽绽放，我便开始采摘入茶，喝着喝着它就蔓延成一地盎然的绿。我欣喜于这一片葱茏的绿色，欣喜于那一抹淡而清凉的香气，欣喜于它迎风就长的生命力。每每看书累了，便跑过来与它们两两相望。那一簇簇的薄荷，密集在一起，郁郁葱葱，紫茎绿叶地长着，一副天生地养的模样。摘一片新绿，指尖的余香久久不散，回屋继续写我的文字，那一定是一行缠着清香的碧绿的句子。

"一枝香草出幽丛，双蝶飞飞戏晚风。"

到了秋天，薄荷会开出一朵朵淡紫色的小花，在晨曦或黄昏里浅笑。直到一场大雪覆盖了它的残枝败叶，那铮铮的风骨里，清香从来不改初衷。

薄荷，如一枝淡薄的荷，清凉而素雅，野性而天真，有一种超然于世的飘逸与清新。在这炎炎的夏日，似一缕清凉的荷风，洗涤着纷扰喧嚣的尘世，对于浮躁的人心来说，无疑也是一味独好的清凉剂了。

做人，亦如薄荷，清冽而独美地活着，活出自己特有的芬芳。众人皆醉我独醒，浊世纷杂我独清，爱清新的人，写清凉的字，做清心的自己。

一缕薄荷香，人生别样的通透与清凉。

初夏，静怡

　　沐浴了三月的风，踏过四月的落红，繁华谢尽，柳絮纷飞，春天，随着一场花事渐行渐远。春生夏长，那些种植在春天里的一枚枚绿意，已繁茂成一地葱茏。始终相信，心若不染尘埃，总会收获阳光、收获花香，只要你与这个世界温柔相待，生活定会给你诗和远方。

　　喜欢这样的一个季节，不温不火，既有夏的清凉，又有春的温情。尤其是那盈满眼眸的绿意，给世间增添了几许明媚的色彩，让心情增加了几分盎然的诗意。五月，光阴静谧，恬淡、安好。穿上薄衫，步履也轻盈起来，就这样走着，赏一树千条翠柳，观一泓盈盈碧波，红了樱桃绿了芭蕉，日光格外明亮，心生欢喜。

　　五月，蔷薇香了，月季开了。

　　"绿树阴浓夏日长，楼台倒影入池塘。水晶帘动微风起，满架蔷薇一院香。"

这迷人的蔷薇，繁茂而蓬勃，还有那嫣红的月季，一开就是半年，甚至可以一直开到一场初雪，大有梅的风骨呢。

一直喜欢绚丽的夏花，它不与百花争艳，在群芳散尽、绿意渐浓的时候她才羞涩地绽放。那些开的热闹喧嚣的春花，像极了尘世里浅薄的女子，盛极一时便褪去了往日的激情，犹如一场短暂的爱恋。夏花却不同，一旦盛开，便会执着而浓烈，一往而情深，就像那一抹生动的绿，深情缱绻，始终如一，天长地久地葱茏着。

我们在纷杂的红尘中行走得太久、太累，难免会有一些压抑与疲惫，甚至失去了应有的快乐，忘了自己想要的是什么。可总有那么一些人、一些事，一些美好的遇见，会给我们荒芜薄凉的人生，带来最深的感触和最真的温暖。无论行走了多久，无论你身在何处，他都一直不离不弃地陪伴着你，走过每一个晨钟暮鼓。

与君初相识，犹如故人归。

人生中，总会有一些不经意的邂逅，给你意外的惊喜，让我们在漫长的岁月里多了几许期盼、几许甜蜜。这些遇见，就像浅夏里的那一片赏心悦目的绿，总能唤起心底的那份最初的柔软和感动，让我们有足够的勇气继续前行。友不在多，贵在风雨同行，懂你的人，无须多言，一句我会一直在，便是岁月最美的留白。心与心的相知，是花与绿的交相辉映，是人生最美丽的相逢，触目横斜千万朵，赏心只需三两支。

　　知己，其实就是另一个自己。知己有着相同的气息，无论隔着千万里都能遇见。他们有着相同的气场，共同的兴趣又互相欣赏，是灵魂深处的共鸣。知己难得，也是一种缘分，遇到了就好好珍惜，那是一份懂得，更是一份慈悲。

　　生命本是一场漂泊，世事总是无法掌控，谁也很难保证波澜不惊地走完这一程。在这个充满惊险与诱惑，瞬息万变、苍白无奈的生活漩涡里，我们多么想收获一些细微的温暖与感动。许是阳光下的一个微笑，许是严寒里的一声问候，许是风雨中的温暖相伴，许是百花丛中的一次回眸。收获的却是满心的欢喜与温暖，人生，这样已足够。

　　其实现实中，我是个很容易满足的人。只想简单地活着，不需要多大的圈子，朋友不在多少，能够容下自己和一部分人就好。从不羡别人的豪宅别墅，也不慕他人的宝马香车。并不是我格调有多高，我要求的没那么多，各有各的道场，各有各的活法，再多的财富，永远不会满足一颗欲望的心，更不会带来你所要的幸福。因此，守住一颗简单的心，做自己喜欢的事，爱自己喜欢的人，懂得珍惜与感恩，知足常乐，让自己活得随遇而安，不忘初心，方得始终。这样的信念，足以支撑我去面对日常里的那些琐碎与荒芜。

　　感恩那些遇见，让我们没有错过彼此，感谢你走进了我的生命，让我的人生有了明媚的生机。就让时光作证，携手走过这一程，任岁月辗转，光阴老去，回首，都是最美丽的曾经。

人的一生，总要经历一个严寒的冬，但岁月总会沉淀出一缕暗香，即使生活千疮百孔，也要始终活在美好里，做一个温润慈悲的人。

于朴素中保持一颗诗心，于日常中保持一颗初心，你便时时看见欢喜，日日都有花开照应。这样的心，一定是慈悲心、柔软心，这样的灵魂也是带着香味的。

站在季节的门楣，一些走过很轻又很重。让流年里的故事，绽放成一缕清凉的夏风，轻轻穿过墨绿的光阴，眸里心痕都是寂然欢喜的感动。伸出手，触摸到夏的温度，几分清新、几分静怡。

轻拥时光，浅喜深爱，将一弯深情，嵌入初夏的诗行，五月的路口，我用文字记录下这一抹绿色的芬芳，盈一眸清凉，看夏花绚烂，看夏日葳蕤……

七月，相约一朵夏花的芬芳

——关于莲韵文集《做一朵凡花，优雅独芳华》

七月，骄阳似火。走在街上，仿佛一下子就被卷进了滚滚热浪中，这是个热烈奔放的季节。所有的植物们都拼尽了力气，铆足了劲，要在这短暂的一季，绽放生命的精彩与华丽。

你看，那攀缘在高枝上的凌霄花，高高在上的炫耀着她的艳丽，还有那又白又香的栀子花，也静静地盛开着。最惹人眼目的就是那水中君子——莲花，满池清幽，亭亭玉立，清香四溢。还有路边各种不知名的闲花，都尽情地吐露着芳华，争先恐后地捧出了一腔热情。不，那不是一朵花，是一颗火热的心，一份燃烧的情。

在这个季节，走进大自然，在一花一草里，感悟着流年里的点点滴滴，寻一方绿荫，让心灵回归到最初的那份纯真。

人生一世，草木一秋，生当夏花，用感恩的心去领悟生命的真谛。

邂逅七月，我有着太多的感触。因为，两年前的今天，也是在这个绿意葱茏的季节，我开始了我的写作生涯。回首两年的时光，一程山水，一路风雨，芳香满径。我用心播撒下的快乐，在今年的七月，终于有了微薄的收获。莲韵文集《做一朵凡花，优雅独芳华》盛装面市，而且是在全国新华书店及当当、京东、卓越网发行。这将是我人生路途上的一个里程碑。

本是个烟火女子，从来不敢以莲自居。因为莲的圣洁与高雅，非一般人所能抵达。我独爱莲，只希望在凡尘里能沾染上莲的气息，看取莲花静，方知不染心。一截扎根于泥土中，一截飘摇在水里，然后捧出一颗玲珑剔透的莲心，淡雅出尘。

如果没有污泥，我将无法吸取足够的营养，也就失去了生长的力量，如果没有清灵的水，我将该怎样洗涤我蒙尘的灵魂？所以，烦扰的尘世，就是我的根，文字就是洗涤我心灵的泉水。因此，我喜欢在每一个晨钟暮鼓的日子里，驻足在一花一草前，来感悟生命，然后感动自己。用一山一水，来描绘五彩人生，用落花如雨的情怀，来装饰一个个美丽的梦。

"如果世界以痛吻我，我将报之于歌。"

看惯了世事无常，经历了太多的悲欢离合，慢慢地懂得，生命本是一种承受，人生就是一场慈悲的修行。只是在这场修行的过程中，你需要用一颗感恩的心来体味。所有的痛苦与挫折，都是在磨炼你的心智，到最后，你会发现，它是一笔极大的财富，它使你的生命变得更加丰盈与厚重。

总觉得，人活着，总要有点精神信仰与追求，才不枉这仅有一次的人生。至少努力了、争取了，就算不成功，也无悔了。心中有梦想的人，会把每一个平凡的日子，都过得充满诗情画意，懂得在有限的生命里，绽放与众不同的精彩，活出独一无二的自己。

始终相信，生命是一场独行，没有一个人可以陪你到永久。在其中，有相遇，有别离，有梦想，有期许，有痛苦，有错过，我感恩着每一次的遇见，我珍惜着每一份情缘，即使是别离，也毕竟有着擦肩而过的美丽。

隔山隔水，隔不断那一份份沉甸甸的深情厚意。这一路走来，最令我感动的是那么多曾经给予我支持与鼓励的朋友们。尽管不曾谋面，但你们始终如一、不离不弃的陪伴，给了我足够的勇气，我才坚定地做了回自己。可以这么说，没有你们，就没有今天的我，你的鼓励，我的动力；你的陪伴，我的温暖。

当我的文字，一次次在网上推荐时，当我的文字第一次在杂志上发表时，当我的文字，被重庆市当作高中金卷联考试题时，我庆幸。但欣喜之余，不免叹息，因为我知道，我还需要沉淀，还需要进一步学习与历练。路漫漫，任重而道远，既然选择了，就不会轻言放弃。

牵手文字，相约时光，我愿在生命的旅途上，用心灵去歌唱。若可，我愿做一株草，扎根在大地上，活出自己的坚强；若可，我愿是一朵夏花，优雅独芳华，在人生的舞台上，用无可替代的姿态，舞出不一样的精彩。有人欣赏也好，无人喝彩也罢，在自己的世界里，默默地盛开。

如果你喜欢，我愿在一朵花里等你。

邂逅，那一抹绿色的芬芳

站在五月的浅夏，静静地顾盼，林花谢了春红，春已渐行渐远。而邂逅那一弯碧绿的时候，却依然像是行走在春风里。绿色，是生命的底色，也是大自然的色彩，花开娇艳能几时，而绿色，却一直充盈着丰沛的生命力，生机勃勃，诗意盎然。

最爱那一抹绿意，凝眸处，令人无限遐想，心旷神怡，有一种不可抗拒的魅力。

喜欢一个人，安安静静地去散步。喜欢看蓝蓝的天、悠悠的云，寥廓无垠的苍穹，总是赋予我无尽的遐想。喜欢那一丛丛绿色的植物，看到它们，总会激起我内心的柔软，令人耳目一新，赏心悦目。

如果有一种颜色可以使人赏心悦目，那么就是绿色了。红色给人以激情火热的感染力，白色给人以圣洁而纯真，灰色给人以沉稳而忧郁，而黑色则给人以冷漠和压抑。唯独喜欢绿色，不仅因为它是生命的象征，给人以清新、舒适，蕴含着无限生机，也是唯一能让人安静下来的颜色。

走在乡间的小路上，我会不停地观赏那一片绿意。道路两旁繁茂的绿树，田野里一望无际的绿波荡漾着，心里早被这绿意充盈着，满心的欢愉。

浅夏的清晨，水意未退，在绿柳掩映的湖畔公园，与那一抹翠绿，就这样温暖地遇见，眼眸里跳动着说不出的欢喜。

晨练的人们，络绎不绝，有的健步如飞，有的在做操，有的在练太极拳，还有几个老者，飞花走剑，如行云流水。悠扬的乐声，飘荡在风中，让你的心情也变得越来越清爽，脚步也越来越轻盈。

有歌声飘过来，在临水的亭台上，几位年过半百的老人，其中一位白发老太太，正对着话筒，声音洪亮，引起了我的注目。"让我们荡起双桨，小船儿推开波浪，海面倒映着美丽的白塔，四周环绕着绿树红墙。小船儿轻轻飘荡在水中，迎面吹来了凉爽的风……"

歌声把我带回到那个充满梦想和天真的青春年代。遥想当年，在那个小城里读书时，我们一群人经常来到微山湖上，荡着碧波，风吹起我们的衣衫，欢声笑语久久荡漾在碧绿的湖面上。现在再去回想那一段青葱的韶光，就像风吹过落叶，寂寂无声，一场青春盛大的花事，匆匆葬于秋风。

站在时光的门楣里遥望，那些远去的过往，当岁月如风般疾驶而过，总有几笔浓烈的色彩，在记忆的画卷上深刻；总有几处动人的风景，在花香满径的小路上，弥久生香。那里面有风、有雨、有阳光、有花香、有泪水、有彷徨，当风烟俱净，光阴赐予你的，都是美好的念想。

踏着绿色的草坪，看着一弯碧水里那一抹美丽的倒影，路边有几朵盛开的野花，在朝霞里含露凝香。此时，那满眼的绿，分明就是那些远去的静美时光，充盈着美好，充满着生命的力量。不论时光流转了多久，它依然在渐行渐远渐无书的扉页上，枝繁叶茂，葱茏成一笺绿色的诗行。

多少个春夏秋冬，多少个晨钟暮鼓，世事的浮华迷离了我们的眼睛，我们不能停下忙碌的脚步。寂寂无色的光阴里，不得不向命运臣服，就这样做了岁月的奴。终日奔波苦，一颗疲惫的心，却难得片刻的清静与安宁。

此刻，就想这样安静地坐拥于一片静谧的绿意里，与清风握手，与时光相拥。轻轻掀起夏的绿萝，写意生命的绿色，呼吸着绿色的芬芳，风吹过五月的枝头，绽放着醉人的郁郁葱葱。采撷一叶凝露的新绿，养就心中一段春意融融。

在一笺绿韵里读你

　　飘香的六月，夏花妖娆，翠绿成荫。听一声鸟儿的呢喃，笼一怀浅浅的念，轻拥岁月的馨香，将一湄春色念远。倚在绿色的梦幻里，一袭轻盈的暖香，悠悠远远，忽明忽暗，泊在梦的边缘。我用深情为笔，缱绻研磨，书一行绿色的诗笺。你若懂得，每一朵花间，都写满了思念，每一叶碧绿，都藏着深深的眷恋。

　　这个季节很安静，适合外出也适合独处，或观赏，或遐想。我依旧行走在文字的江湖里，用文字堆积着或喜或忧的小情绪。走过的路，路过的风景，都留下了深浅不同的痕迹。每个季节都有不同的美丽，每一天都有不一样的精彩。我只愿在一朵花里沉醉，在一杯月色里流连，享受时光赐予的美好。一纸素笺，铺就翠绿的华年。

　　季节的风，摇曳着夏的妩媚，揽一怀绿意，掬一捧清凉，守候温情的时光。一缕风岚掠过眉弯，一抹暗香盈盈扑面，低眉浅笑，凝眸无语。我情愿是一株野草，匍匐在大地上，去倾听大自然的心跳。在花红叶绿之间，采撷一片美好，清风当枕，拥花入眠。缤纷一地情，旖旎一幅画。

每日徜徉在文字里，守着自己的一份小清欢，亦有一种别致的韵味。闲淡时光，素心如荷，几分清新、几分淡雅、几分温婉、几分悠然。世俗的烟火里，便增添了几多诗意，犹如开在枝头上的闲花，素素的娴静，温和的淡雅。于寂寂无色的光阴里，抖落一身清幽的芳华。

一路走来，只盼望相遇一朵花的芬芳，邂逅一个人的山远水长。烟雨红尘里，共一场文字的清欢，拢一怀落花的幽香。哪怕岁月老去，你在，我在，便是心上最美的时光。

与君初相识，犹如故人归。

始终相信，缘分的渡口，总有那么一个人，不近不远，不早不晚，在等待着你的出现。相顾无语的刹那，便读懂了彼此眼眸里的脉脉深情，一见倾心，再见倾城。何需表白，一种心动萦绕在心里，一种欢愉婉约在眉间。无须多言，一份相知，是前世未了的情，一种爱恋，是今生不解的缘。

这世间，总有一种邂逅，是灵魂的隔世重逢。与你春风桃李的遇见，你从一抹绿色的诗行里，向我走来，深情款款。走近了你，犹如走近了春天，靠近了你，便靠近了温暖。

一直相信，爱，无关乎时间长短；情，能跨越山遥水远。缘分真的是很奇妙，有的人相伴一生，也走不进你的心灵，而有的人，只需一眼，便再也走不出你的牵绊。总有一种遇见，会温暖了你的生命；总有一种爱恋，能望穿最深的流年。

岁月里，总有最激情的一笔，永远在季节的枝头上绚丽；生命里，总有最精彩的一页，珍藏在记忆的长廊里。一种心灵的相通，源自灵魂深处，相见恨晚里，总有一种心动，绵延了两地闲愁。

你懂他的苦、知他的忧，懂他坚强的外表下，包含着一颗脆弱的心，知他默默无语的守候里，潜藏着一份眷眷的情；他亦懂你，懂你细腻温婉的心思，知你欲语还休的情怀，懂你欣喜背后的纠结，知你低眉浅笑的爱恋。不曾相许，无须相约，心与心的默契，总能触动你最柔软的情怀。

盛夏时光，绿意流淌。一朵心花，静默在心底，悠然绽放。捻一指芬芳，我用最柔婉的初心，书一笺明媚的诗行，一抹唯美的情愫，随着细细的风，漫过心湖，心念如花，寂静欢喜。一次回眸，缤纷了季节；一份留恋，芳香了时光；一次驻足，温润了流年；一份懂得，嫣然了初见。

月白风清，花事如梦。喜欢在这寂静的月色里，守一帘绿意，品一缕茶香，就这样，与你隔屏相望。一些素念，早已飞越万水千山，在心底葱茏蔓延。心与心的相系，情与情的相牵，犹如花间的一抹暗香，悠悠飘来，隔着遥远的距离，依然能盈握住那份浓浓的情意。

　　走在六月的诗行里，盈一眸恬淡，挽一抹绿意，携一份温婉，执笔，我为你书一笺脉脉心语。用最深情的眷恋，刻下流年里最美的遇见，唯愿，每一个朝花夕拾的日子里，都有你安暖的陪伴，每一个日落烟霞的余辉里，都有你深情遥望的身影。

　　生命里那些来过，那些花开的记忆，那一城明媚，都将成为碧绿光晖里那最旖旎的风景、最浓情的画卷、最唯美的记忆。

感恩生命

——长江『东方之星』客轮倾覆有感

六月，夏花绚烂，绿荫成片。

夕阳晚照的暮色里，我喜欢在一树一树的花下漫步，空气中有淡淡的花香氤氲着，身边是姹紫嫣红相拥着。看见花花，看见绿叶，感恩生命中总有这么多的美好相伴着，花在、树在，你在、我在，岁月静好，时光静美，心里亦是充满了无尽的欢喜。

突然听到一则新闻，一辆载有 400 多人的长江客轮"东方之星"，于 6 月 1 日晚上 9 点多，突遇龙卷风，在长江湖北倾覆！

好几百号人啊，我简直不敢去想象，那些多鲜活的生命，就在刹那间，骤然定格了！他们将是怎样的悲怆和绝望？心里充满了悲悯，不敢想，不敢想了。

倘若天堂里也有轮船，我希望能将他们平安渡岸。那里不会再有龙卷风，那里肯定是风平浪静，那里有阳光伴着花香，他们在那个遥远的地方，不会再有厄运降临在头上。

人生就像一叶漂泊的船。在行驶的途中，有无数个未知在前面，暗礁险滩，惊涛骇浪，你永远不会预知下一秒将会发生什么。也许好多美好还未来得及，也许美梦还在继续，突然之间，一个转身的距离，天堂变地狱。人生无常，世事难料，生命本身就是一种承受，人生本来就是一个谜底，倘若无法解释得通，那就归结于宿命。

唯愿死者安息，唯愿，每一个行走在漂泊不定的生命旅途上的人，且行且珍惜。

只是，我们再虔诚的祈祷，也无能为力，再也无法挽回那400多条生命。我们能做的，只有为死者默哀，为生者祈福。

那么，究竟在哪里才能安全呢？坐飞机怕失事，坐轮船怕倒江，坐火车怕脱轨，坐汽车怕撞车，那么，待在家里就是万无一失吗？隔壁邻居家一个母亲，前几天刚刚去世，不到六十岁，癌症晚期。老公班上，接连两个同事，都是50多岁，其中一个教育局的，当知道时已是晚期，从查出病到离世，整整10天，吓死了。

有时候想啊，人在大自然和生老病死面前，是那么的脆弱和无能为力，简直是渺若微尘、轻如鸿毛。是的，我们无法左右命运，也无法阻止灾难降临，我们唯一可以左右的是我们的心，在能爱的时候，好好地去爱，在能幸福的时候，好好去珍惜每一秒、每一分。

　　人生之无常，生命之脆弱，当经历的越来越多，你会突然在某一刻，顿悟了人生的意义，所有的磨难与挫折，让生活还原了本来的颜色。很多时候，不是我们不明白，而是明白了却依然放不下那么多，说起来容易，做起来难，劝别人容易，说服自己难。其实，你欠缺的，是一次失去的机会。

　　看惯了人世间太多的生离死别，也学会了用一颗坦然的心，去面对这一切。人最宝贵的是生命，生命最重要的是健康，有时候爱自己就是爱家人。当厄运降临时，你才会明白，平平安安才是最大的福气，当面对病魔时，你才知道，健健康康才是最大的财富。

　　学会感恩吧，感恩这仅有一次的生命；学会珍惜吧，珍惜拥有的一切，不要辜负了这美好的光阴。

第三辑

念念秋风凉

立秋

夏还没走秋已至。立秋了，终于盼来了凉爽。

今日 9 点 52 分立秋到，"早立秋凉飕飕，晚立秋热死牛。"这预示着高温闷热天气就要结束，早晚会清爽许多。不过还在伏天，夏季不会说走就走，还要做一段时间的逗留。一般人们常常会把"七月流火"误解为形容天气的炎热，其实是犯了望文生义的错误。七月流火的真实的意思，是说在夏历七月，也就是相当于公历八月，天气渐渐转凉，每当黄昏的时候，可以看见大火星从西方落下去。也就是说，在最热的时候，热到一定程度就到了天气转凉的时候了，所以在夏季最炎热的大暑过后，就是立秋，这也符合物极必反的自然规律。

每年一到盛夏，便成了蝉的天下了。长长的绿荫里热烈的蝉鸣一波接着一波，此起彼伏。蝉们是不怕热的，尤其是盛夏天，气愈热叫声愈激烈。那嘶嘶的长鸣，伴我们走过一季漫长的墨绿光阴。

可立秋以后，天气像刀切的一样，立马就舒朗了许多，阵阵凉风习习，不那么黏了，吹得人欣欣然地雀跃着。连树上的蝉声也不那么热烈了，一场细雨后，竟有几片落叶在地上翩然如蝶。真是"梧桐叶落蝉自惊"啊！

这个季节万物逐渐成熟，果实逐渐饱满，又将迎来一个五谷丰登、五彩缤纷的迷人的秋！

清晨，朝霞晕满天地，在回老家的路上，意外的邂逅了一方池塘。池塘里泊着几朵睡莲，以前只是在文字中见过，这种红色的荷还是第一次与它近距离地接触，她的美着实惊艳到了我。晨起吐露芬芳，暮合收敛馨香。铜钱般的圆叶铺满水面，柔美的花朵在一片碧绿衬托下分外艳丽，朵朵生动，在晨光中摇曳生姿。安静如我，不管凡尘喧嚣，不问世间繁华，守着一方静幽，兀自芳华。

或许是年龄越长，越渴望过一种简单安静的生活，就像季节到了秋，渐渐收敛起锋芒，多了几分娴静。

每每回到老家，必先跑到门前的菜园里转悠，跟在婆婆身边，听她指着地里的那些子民们如数家珍：什么玉米正秀穗儿了，甩着红缨子长得可旺了，今年一定大丰收；棉花都坐桃了，一人多高呢，秋后又能做两床新棉被了；大豆也结荚了，可以煮熟了吃了；丝瓜、苦瓜、南瓜、豆角都结了好多呢，吃不了，多数都分给邻居们了……她那神情，骄傲得像个皇后。

　　我转到一棵枣树前，看着一串串绿绿的枣子挂满枝头，沉甸甸的，想象着不久的将来就可以硕果累累了，在经历了青涩的年华和风雨之后，生命的华丽终于可以高悬在风中摇摆了。还有那棵三月里开了一身繁花的桃树，早已褪去了年少时的轻狂和浮华，就那样安然笃定地积蓄能量生长，结的果子把枝都压弯了，走过了繁华历经了酷夏，一朝修成正果。

　　这些植物们都有着令人仰慕的高度。

　　婆婆割了地里的韭菜，一家人有说有笑地开始包饺子，这是我喜欢的乡下时光，每一天看起来似乎都是那么相似，但每一天都是那样生动而饱满。或许，这平凡静简的生活才是我们最想要的，烟火而凡俗，平淡而真实。是啊，土地就是他们的命根子，在黄土地上摸爬滚打了一辈子，最终哪里也不去，说，到哪里也不如守着这二亩地舒心。外面的世界再精彩，似乎都与他们无关，他们在岁月这里早已历练得波澜不惊，只盼望年年风调雨顺，看着亲手种下的庄稼和蔬菜一天一个样地长势良好，看着这些绿色蔬菜源源不断地送给我们，大家吃得高兴，自己的劳动果实得到认可，总有说不出的欢欣。

　　我望着那一片玉米地，总会想起小时候偷玉米棒子的事，忍不住笑出声来。那还是集体生产队时，我们结伴去地里拔草，看到快要成熟了的棒子就掰下来，然后找一个僻静的地方，找来枯枝和干柴点燃，把棒子放在火里烧。等听到噼里啪啦的响声，一股浓浓的玉米香便飘了出来，大家顾不得烫，只吃得满嘴满脸都是黑乎乎的，个个咧着嘴傻笑。

"未觉池塘春草梦，阶前梧桐已秋声。"

也就是一个转身的距离，时光荏苒，把那么旧梦吹得越来越远了。流光容易把人抛，红了樱桃绿了芭蕉，到如今，只留下一声中年的叹。

饭后，煮一壶普洱茶，细细品。就如这中年的人生，因为适合慢慢冲沏，才回味悠长，越沏味越浓。岁月里所有的苦乐甘甜，所有的繁花喧闹，都渐渐沉淀在这一杯橘红色的原浆里，色香味俱佳，生命的精彩，都在那一缕香里，袅袅娜娜。

清秋，绽放成一树静美

　　时光，缤纷了一季流年，还没来得及细细品尝，转眼，又飘零了片片秋黄。总有太多的来不及，辗转经年成往事，指缝的光阴，在不经意间，悄悄溜走。捡拾一枚落叶，感知一叶知秋的沧桑，那些逝去的年华，依然在时光深处活色生香。

　　生命，本是一场匆匆的奔忙，其中，有相遇的美丽，也有别离的忧伤。经历的太多的悲欢离合，看惯了世事变迁，终于明白，学会坦然，学会遗忘，学会珍惜，学会典藏。将自己活成一株秋天的植物，拥有一颗草木闲心，枯荣随缘，不惊不扰，随遇而安。

　　秋，褪去了春的浮华，隐去了夏的躁动，沉淀下来的是一份秋水长天般的情怀。逝去的如风，流走的如水，留下的只有心中一团绰约的花影。春去秋来，花谢花开，四季轮回，能够拥有一颗宁静淡泊的心，在这个静秋里，依然可以像丹枫一样，绽放成一树静美。

　　喜欢大自然，喜欢各种花草树木。无论哪个季节，只要一走进大自然的怀抱，一颗雀跃的心，就像长了翅膀的小鸟。草木有她的本色，天然去雕饰，从来不用伪装自己，姹紫嫣红，翠绿墨染，五彩缤纷。一切都是那么自自然然，浑然天成，入心入目，不语花自香，无言成大美。

"春日才看杨柳绿，秋风又见菊花黄。"人生的旅途上，总会邂逅一场又一场的花事，不同的阶段，会有不同的精彩，不同的季节，会有不同的花香。这是一个诗意的世界，请用一颗温柔的心去对待。

喜欢这样一个静美的秋天，清雅、寂然、明媚、幽静、沉稳、低敛。走在路上，正是陌上菊黄，一片金灿灿的野菊，在渐凉的秋风里，像低眉顺眼娴静的女子，兀自怒放着。那明艳艳的色彩，给寂寥的清秋，增添了几分妖娆、几分妩媚。"待到秋来九月八，我花开后百花杀。"菊的傲骨，清雅脱俗，多么令人羡慕。

你看，那一丛丛碧绿葱茏的美人蕉，托出朵朵鲜艳夺目的笑颜，红的火红，黄的娇艳，"一似美人春睡起，绛唇翠袖舞东风。"像一个个擎着红黄绸子的舞娘，在向晚的暮色里，演奏着生命最美的绝唱。

我从来不用薄凉写人生，即使在命运跌落最低谷的时候。薄什么呢？凉什么呢？生命本身就是个奇迹，能够健康地活着，还能够相遇一场一场的花开，邂逅一份份真情与温暖。有亲情在，有友情的暖，有爱情的甜，足够了呀！

感恩着，大自然总有一些好花盛开；感恩着，这个世间总有一些好人在；感恩着，这个温情的世界里，总有一些爱在流转，温暖在传递。相信，只要我们用阳光来播撒爱，总能抵御寒流，驱散阴霾。

经历了世事的纷纷扰扰，冷眼看红尘，在潮起潮落的人生舞台上，用一份洒脱平和的心境来面对。一颗心，早已被岁月打磨得如一枚温润的老玉，晶莹剔透、沉静、内敛、不张扬、不娇媚，朴实无华里，却蕴藏着无穷的魅力与风华。又正如这一季静美的秋，不骄不躁，深沉含蓄，低眉娴静，人淡如菊，花谢无语。

想来，人的一生，何尝不是一场花开花落的过程？人生一世，草木一秋，生命何其短？只是在这短暂的时光里，像花儿一样绽放，像小草一样顽强，活出自己的风采。开也优雅，落也从容，哪怕零落成泥碾为尘，亦无怨无悔。

这山一程水一程的人生，邂逅一页好书，知遇一个良人，相逢一处美景，都是此生最美的事。告诉自己，这个世界我来过，而且只有一次，所以，我不能辜负了这一路的旖旎。一花一草一闲心，一山一水总关情，花开花落，月圆月缺，都有独一无二的芬芳与美好。

花开花落，
我一样会珍惜

细雨敲窗，天气渐凉。

喜欢在浅秋的季节里，坐拥一季葱茏的绿意，用夏日未泯的情怀，来临摹未曾走远的一场繁花似锦，用一颗淡泊的心，去迎接一季五彩缤纷的秋韵。

人生如梦，匆匆而来，又匆匆而去，留一半清醒留一半醉。漫漫红尘，我不过是来自于偶然的一粒微尘，何不用感恩的心，去坦然面对；花开花谢，四季轮回，人生道场，皆为过客，何不潇潇洒洒走一回？

喜欢安静，也喜欢特立独行。一个人独处的时间久了，不免想出去走一走，于是，骑一辆单车，选一条僻静的乡间小路，携一份美丽婉约的心情，走进大自然。将心放逐，还原一份纯真、一份美好、一份简约、一份诗意。

此时，时光之笔还未曾染黄一季葱郁，小路两旁，各种野草丛生，繁茂依旧。秋虽已至，依然葱茏如昔，欣欣向荣。尤其是那摇曳在风中的狗尾巴草，伸展着绿色的绒毛，临风而舞，默默地吟唱着属于自己的歌谣。

几株夜来香已经悠然绽放，红的夺人眼目，黄的娇艳欲滴，只一眼，便有暗香浮动，过目难忘。花草间不时有蝴蝶飞来飞去，舞姿翩跹，树上有鸟儿在欢唱，那清脆的鸟语里，仿佛能滴出绿来。这正是，"留连戏蝶时时舞，自在娇莺恰恰啼。"

在路口浓密的绿荫下，几位老人正在饶有兴趣地对弈，布满沧桑的脸上，写满了欢喜。他们是那样的随意，或许，悠闲时的一杯茶，寂寞时的一袋烟，这就是农家人的乐吧。

那边绿色的庄稼地里，还有一位锄草的妇人，她不紧不慢，不急不缓地打理着这片土地。哦，她是把时光当成了一块锦，她一针一线，细细密密，穿起一朵朵细碎的花，绣出一幅画，原来她在绣光阴呢。

你看，那玉米田里，一个个快要成熟的玉米棒子，身着绿色睡袍，梳着羊角辫，好像抱在母亲怀里的一个个可爱的绿娃娃。庄稼人看一眼，心里便乐开了花。

沿着绿色的长廊继续前行，耳边飘来悠扬婉转的乐声。那乐声仿佛是从天上流淌下来的，抬头一看，不远处一片绿坡上，一个老人在放牧，一群可爱的羊。羊儿们悠然地吃着草，老农一手挥着鞭子，一手提着一个小型收录机，各有各的乐趣。哈！听得人都醉啦！

乡间的田间，格外地宁静。尤其是这个时候，夕阳即将西下，将暮未暮，一抹暖阳，给大地、树木、庄稼和人，披上了一层金色的外衣，质地分明，熠熠生辉。让人不由得联想到几个词：岁月静好，时光柔软。寂寂灿灿，有一种恍若隔世的美，仿佛生了香，余音缭绕，氤氲不散，静美深远。

极其喜欢这样的时光。你只许静默在一处，用心聆听，仿佛一伸手，就能握住这日子的温柔。所有的不快、一切的繁芜，都在这一刻，随风而散。有的只是一颗闲闲的心、静静的念。不说昨天，不写明天，良宵一刻值千金，唯愿，将眼前点滴的小清欢，穿成一朵淡雅的时光之花，别在衣襟上，细细品味，慢慢欣赏。

其实，看似重复的每一天，都有不一样的精彩，只要你去发现。正如人与人的邂逅，只是缘分深浅不同。每一天都是在行走，在这个过程中，你将会遇到各种不同的人和不一样的风景。只是，有的，过目就忘，有的，会永远留在心中。

我用文字绣光阴，就像农民在土地上耕种一样。早已习惯了有文字的陪伴，离不开文字，就像农民离不开挚爱的土地。不问收获，不问结果，只为心的快乐。

花开有声，花落无息。生命本是一场花开花谢的交替，而我们每一个人，都不过是尘世里的一朵花，带着各自的使命，来到这个世间。在这个花开花谢的过程中，生命才能彰显它的华丽与精彩。女人如花花如梦，没有梦的人生，注定是辜负了你的使命，有了梦的人生，而又为梦执着怒放的生命，才是一场无憾的人生。花开时艳丽而芬芳，花落时优雅而从容。

当有一天时光老去，我还能在落花如雨的情怀里，细数着那些点滴的美丽；当有一天人心淡去，我站在落英缤纷的季节里，终于读懂了生命的涵义。一些人、一些事、一些经历，相逢或擦肩，相聚或别离，都是缘分而已。懂得放手，懂得珍惜，懂得慈悲，懂得怜惜。

因此，才丰富了多彩的人生，才有了别样的美丽。当拥有时好好珍惜，当失去时不会惋惜。

花开花落，我一样会珍惜！

念念秋风凉

花开花谢叶飘零，一年容易到秋风。

念念秋风凉，白露为霜。这个时节，枫红菊黄，尽管秋叶开始凋零，但依然可以读岁月静好，时光温良。在一叶知秋里，感知季节的轮回，在落花纷飞里，见证生命最美的回归。人生何其短，何必苦苦恋，浮生若梦里，曾经绽放过，无悔过。生命本无须执意，学会枯荣随缘，在时光里沉淀。当一切尘埃落定，最华丽的谢幕就是与大地融为一体，质本洁来还洁去。

回老家的路上，田里的玉米已经收割完毕，人们在忙忙碌碌这一季的收获与下一季的耕种。树木还依旧苍绿，路边有盛开的野菊，一丛丛、一簇簇地笑迎着秋风，明艳艳的让人欢喜。那一池浩浩荡荡的芦苇，仿佛是从"蒹葭苍苍，白露为霜。"的千年《诗经》里走来的，有着远古的况味。一个个像是白了头的老人，阅尽了人间沧桑，默默地在屹立在风中。走过了一季的繁华，大地终于寂静下来了。

时光荏苒，流年似水。光阴真的是既慈悲又无情，既温暖又薄凉。从姹紫嫣红，到翠绿成荫，从落英缤纷，到白雪纷飞，一路走来，光阴从来不厚此薄彼，也从来不曾更改，唯一改变的是人的心情，几度春秋，几度雁南归，生命本是一场修行。享受着光阴赐予我们美好的同时，也会欣然接受岁月赠予的沧桑。一边品尝，一边感恩，一边铭记，一边遗忘。

花无百日红，人无再少年。

总是感叹，光阴在不知不觉中，就把一个如花的少年，转眼变成一个风烛残年的老人，在时间面前，我们真的是无能为力。回想那些远去的时光，真是既美好又苍凉。记得那个时候，每逢秋收季节，我们跟着父母一起下地掰玉米，玉米叶子特别拉人，划得脸上、手上和胳膊上，都是一道道的红印子，痒痒的。孩子们是最不喜欢干的，所以掰了一会就钻出玉米地来，几个小伙伴凑在一起，去捉蝈蝈。听见哪里有蝈蝈叫，就屏住呼吸，慢慢地靠近，然后猛地双手一捧，一只蝈蝈逮住了。然后把它放到大人们提前编好的小巧玲珑的笼子里，天天听它歌唱。有时也捉蚂蚱，把捉来的蚂蚱用火烤了吃，吃得满嘴、满手都黑了，却是那么津津有味！

到了上中学时，只有周末才能回家一次，看到红红的枣挂满了一树，刺激着味蕾，便忍不住一个劲地吃，母亲总说，吃多了涨肚子，等给你蒸熟了再吃，可是，哪里等得到呢？又脆又甜的红枣，还有咧着嘴的石榴，一个个羞红了脸，把树枝都压弯了。

往事如烟，旧欢如梦，说醒就醒，一切都随了秋风。

现在回到老家，父母已经不在了，可是母亲栽下的那棵枣树还在。上学回到家的侄女正在树下摘着红枣吃，一副贪吃可爱的模样，一如当年的我。侄女说，记得我小时候，奶奶总是蒸熟了给我吃。不禁哑然，历史总有着惊人的相似，长江后浪推前浪，一些人走了，总会有些气息留下来，比如枣树，比如老屋。让活着的人，会情不自禁地想起来，不论时光如何流转，它会永远存活在我们的记忆里。

我知道，早晚有那么一天，我也会像一株秋天的植物，渐渐地趋于枯萎，最终会和我的父母一样，与大地融为一体。但那又有什么关系呢？或许那里才是人生最终的归宿、最完美的结局，我们所有人都会在那里相遇、重逢。或许这世上从来就没有永恒，万事万物，终将尘归于尘，土归于土，就连那些光阴的故事，也会变得越来越模糊不清。

相信这世间，有相遇就有别离，有得到就有失去，生命不会真正地消逝，只不过是换了一种存在的方式而已。春风走了，落花付流水，但总有一缕香息留在风里。夏花谢了，却留下了满枝秋实，秋实谢了，却留下了一份丰厚的收获与甜蜜。秋叶飘零了，化作春泥更护花，是一种无言的深情，更是为了见证新一轮的生命交替。

秋天姗姗地来了，也会渐行渐远。人生就是在一场场希望与收获、风霜雪雨、刀耕火种的历练中，完成了生命的蜕变。风起的时候笑望云卷云舒，雨落的时候静观落花无言。不念昨天，不说明天，只想留住每一个可以把握的今天。用一颗坦然的心，把往事走成一首首诗，装点成一幅幅画，而每一首诗每一幅画里，都有一个精彩的故事。每一次回望，都在感动着我们的心灵，温暖着我们的生命。

经历得越多，看得越淡，知道哪些该珍惜，哪些该放弃。丰厚的人生阅历，让一颗浮躁的心，渐渐变得秋水长天般的清澈明净，明白人生一切的繁华满枝，最终都会归于寂寂无声的秋叶飘零。每个人都不过是时间的旅人，当我们开始重新审视生命，你会感知到它与红尘的渺小和脆弱，也会被那些细微的真诚而感动。

人到中年，删繁就简。就像季节入秋，一切该用减法计算了。时光如水般地流走，终于安静下来了，学会将日子慢下来，留意以往那些被你忽略的美。你会发现，其实岁月是慈悲的，有许多的恩宠在里面。学会在烦琐的日子里品出诗意，在简洁的岁月里，保持好自己的一颗静心，在流年的一笺秋韵里，感悟生命的真谛。心怀感恩，处处皆美。

李宗盛的一句歌词说得非常好：岁月你别催，走远的我不追；岁月你别催，该来的我不推。

茶缘

　　有好友问我，你的环境一定很优雅，不然你怎么可以活得如此精致？让人好生羡慕。其实，我的生活再简单不过，只不过我心中一直装着诗。即使每天行走在尘世的烟火里，也能看见小桥流水的诗意。一粥一饭的淳朴安暖，一茶一书的闲情逸致，喜欢安静，喜欢有大把的光阴可以虚度。

　　寻常的日子里，一缕暖阳，半盏茶香，一纸素笺，写几行清凉的小字。低眉敛静，在自我的世界里，做自己喜欢的事，于我而言，便是人生最美的时光。所谓人间有味是清欢，这清欢里，有花的静、人的宁、茶的香、月的明，时光浅浅，素心淡淡，静谧安详，恬淡安然。

　　这个季节，不冷不热，秋高气爽，清凉又温暖。尽管已是深秋，但到处还是充盈着一片片绿意，这醉人的绿啊，一波一波，一直荡漾进人的心里，盈满了尘世的欢喜。

　　一直觉得和绿有缘的。喜欢摆弄一些花花草草，一年四季，花开不断，但更多的绿色的植物。绿萝、吊兰、四季梅和旱莲，还有一盆文竹。这盆文竹是我的最爱，十年了，长得郁郁葱葱，比我还高。纤细的枝枝蔓蔓，像极了女子婉约而来不及说出的心事，伸了长长的触角，欲语还休。以为绿色的植物是不开花的，谁知前几日竟发现，浓密的枝蔓间，竟然开满了一身米粒大小的淡绿色的小花来。着实让我惊艳了，是啊，生活总会在不经意间，给你一份意想不到的惊喜。

犹如茫茫人海里的缘分，每一天都有相遇或别离，相信每一个出现在你生命里的人，都是前世今生注定的因缘。有的只是一次偶然地回眸，有的只是擦肩而过，有的是平平淡淡，有的是情深缘浅。唯有一种遇见，掠人心魄，动人心弦，那就是灵魂的邂逅重逢。红尘的渡口，总会有那么一个人，为你痴痴守候。不早不晚，在适合的距离、适合的时间，恰好与你狭路相逢。

素来相信缘分。陌生的世界，原本陌生的两个人，能够在最深的红尘里喜悦的遇见，是不是冥冥中自有天注定？

他说："新茶下来了，是上好的绿茶，给你寄一些过去，你读书写作时，喝一杯清茶，对身体有好处的。"这简单的几句话，一下子暖到心里去。

喜欢喝茶，而所有茶中，独爱绿茶，就像爱绿色的植物一样。喜欢它的碧绿、清新、爽口，一年四季，茶不离口，书不离手。而友人恰好也偏爱绿茶，这恰恰暗合了我的心意。

　　我知道，在那个遥远的地方，有青翠的山，有碧绿的水，有葳蕤成诗的茂盛的茶林，还有一个清纯如茶的你。我知道，云中会有锦书来，不止是锦书，还承载着一份厚重的情，和一份绿绿的茶缘。

　　想来，我与这茶的缘，就如你我之间的相识相知，是不是经历了几个世纪的修行，才得以相见。我知道，当春天的第一叶嫩芽初次绽放时，一定有春风吹过，白云拂过；当第一滴清露在叶片上流连时，一定有阳光照过，月影伴过。从幼苗到采摘，这期间不知要经过茶农多少辛勤的汗水来浇灌，要汲取多少日月风华，又历经多少繁杂的工序，才遇上慧眼的你。然后又经过你的悉心照顾，翻越千重山万重水，漂洋过海、穿云破雾，转山转水转时空，才辗转到了我的手中。这是多大的缘分？

　　煮一壶岁月，续一段尘缘。人生如梦，尘缘如茶，一颗静心，看纷扰沉浮的冷暖世间；一盏清茗，品清凉溢香的诗意人生。

　　如果，好壶需要配好茶，那么，好茶一定要配懂得的人。我虽不谙茶道，却希望这一生，能有与你共饮一盏清茶的光阴。因为，这是人生一次慈悲的相逢，它摒弃了滚滚红尘里一切的繁芜，是灵魂深处的一种抵达。犹如这氤氲的茶香，带着脉脉温情，既清凉，又柔和，既清新，又醉人。君子之交淡如水，一份柔美的情感，一定是纯净如水，清香如茶的。它既有着光阴的慈悲，又蕴含着岁月的恩宠，无言中有大美，无声处有惊雷。

遇茶亦遇人，皆为缘分。茫茫人海，过客匆匆，多数都成为过眼烟云，而能够留在你身边的，才是属于你的风景。喜欢与你，寂静相对，一盏飘着馨香的清茶，落在你的手中。此时，只需彼此静默不语，我看你眉间挽起的清风，你看我眸里蓄着的秋水。低眉，浅笑，感谢你让我品到了人间最美的茶韵，更珍惜这份红尘里难得的缘分。相通的心灵，在一缕茶香里，寂静欢喜，相视一笑间，便是最美的语言。

你如绿叶上翻滚着的一滴清露，珠圆玉润，晶莹剔透，透着一抹清凉的雅韵，飘逸着淡淡的幽幽暗香，予人清爽，过目难忘；你恰似这一盏淡淡的清茶，清凉入心，品时似是无味，过后唇齿留香。

一盏暖心的绿茶，住着桃红柳绿，住着春水潺潺，它一定承载着春天的一叶嫩绿与一滴清露，盛满了阳光与花香。掬一杯清绿，我便握住了一份绿缘，因为，那是你送给我的一个春天。

盈盈一盏清茶，几分碧绿，几分淡雅，一缕馨香，几许清欢。淡淡的茶香里，氤氲着淡淡的友情。舒展的绿叶间，缓缓流动着你的欢喜、我的感动。盈握在掌心的温暖，一份沉醉，伴着袅袅暗香，滋润着柔柔的心，欣欣然的幸福，在空气中弥漫。

窗外已是更深露重，季节在交替，而红尘里的故事仍在继续。今夜，我在一盏茶香里，念你！

菊
韵
缠
香

一阵秋风凉，一场落花殇，秋一个转身，便走到了季节的深处。

"寒花已开尽，菊蕊独盈枝"，菊花带着霸气，迎着寒霜，凛然开放。

秋来陌上，还有人家的篱笆墙旁，一簇簇、一片片，开得极其温暖而娇艳。陶渊明的"采菊东篱下，悠然见南山"，几乎成了世人歌颂秋菊的名篇，成了人们向往的桃花源，只要一看到篱笆，就会联想到修篱种菊。而李清照的《醉花阴》，虽然是写离愁的，但我更喜欢那句"东篱把酒黄昏后，有暗香盈袖"。在一个秋日的黄昏，暮色四合，篱笆墙下，大朵大朵的菊开着，金灿灿的黄，暗香盈盈，恣意又美好。

"不是花中偏爱菊，此花开尽更无花。"

喜欢菊，不单单是喜欢菊的清雅与幽韵，让人能够在喧嚣的尘世里陶然忘忧，而是菊的傲霜顶露，在渐寒的深秋里，依然能够我行我素。一点芳蕊，素心淡淡，在薄凉的世间，卓然于世，活出一份优雅，一份超然。做人亦如菊，不惧风霜，不怕严寒，荣辱不惊，纷扰不争，即使在萧瑟的深秋里，一样活得清雅出尘，淡然从容。

亦联想到了一个叫菊的女子。她是我们这个小城里服装生意做得最火的，远近闻名，只要一提起她，无人不晓，人们都会情不自禁地称道，这个女人，不简单！

第一次光顾她的门店时，先是被她的店名所吸引了，光洁明亮的牌匾上赫然写着几个醒目的大字：菊韵缠香服饰。人在那一刻，突然呆掉了，心就在那个"缠"字上，缠了又缠，"不摇香已乱，无风花自飞"。这样的菊韵，这么醉人的清香，怎么能不牵住人的心、绊住人的脚呢？

进得门来，各色服装琳琅满目，顾客络绎不绝，店铺很大，整洁明亮。服务小姐在忙忙碌碌地来回为顾客介绍，顾客不厌其烦地试穿，收银台上人们在排队。正中央是店主人的办公桌，一张豪华的老板桌上，摆放着一尊玉佛观音，还有一棵硕大的翡翠白菜。那是生意人为了求得平安、发财的象征，"白菜"与"百财"谐音。在她的桌前，还养着几盆菊花，金黄的、素白的，明晃晃的耀眼，芬芳宜人。看到这些，你可以想象得到主人的生活是非常奢华而高雅的。

菊正在为顾客挑选服装，脸上始终挂着淡淡的微笑，一件藏蓝色的高档金丝绒旗袍，裹住了丰满而又不失苗条的身体，说话慢声细语，温文尔雅，一看就是个历经世事，而又从容不迫的人。谁能想象得到，在这个优雅女人的背后，还隐藏着一段曲折离奇的故事呢？

菊生在农村，婆家弟兄好几个，经济条件不好，男人又是个只会守着二亩薄田过日子的人。八十年代末，经济已经开始搞活了，菊于是想去试一把，尽管男人不支持。她开始去摆地摊，卖一些鞋袜、童装之类的小商品，每天早出晚归，风里雨里，不辞辛苦。这样的奔波尽管苦点累点，但总算有了一些微薄的收入，于是，她便又租下了一个店铺，开始卖成人服装。在她的苦心经营下，生意慢慢有了起色，男人也帮着一起打理生意。一年后，他们有了自己的店铺，这时候的生意越来越好了，店里人手不够用，于是就雇了好几个雇工。在菊的带动下，婆家的几个弟兄也干起了服装生意，全家人的日子，一下子旧貌变新颜。几年后，他们都在小城安了家，成了村里人人羡慕的好人家。

谁料想，一件令人匪夷所思的事情发生了。菊的男人竟然与店里一个年轻漂亮的雇工好上了，而且非要离婚不可，原因是，那个女人已经怀了他的孩子。在家人反对无效的情况下，菊毅然决然地与他分手了，婆家人不同意，娘人家不同意，亲朋好友都认为菊这样做太软弱了。可是菊的态度也很坚决，说，既然木已成舟，又何必强求？叫他走吧，我给他自由。老公和那个女人结婚了，也同样做起老本行。

菊一个人带着两个孩子，以前的婆婆一直就和菊亲近，这次也和儿子断绝了关系，干脆搬到了菊家里。孩子由婆婆照顾着，菊一门心思做她的生意，生意越来越红火，菊已经开了三个分店，并且有了自己的品牌，而男人的生意却越来越萧条，一边是门庭若市、熙熙攘攘，一边是门前冷落鞍马稀，形成了鲜明的对比。现在的菊，已经把生意做到省城里去了，而且还在省城给两个孩子买了两套楼房，而男人这边生意却干不下去了，偏偏他的孩子又得了白血病，别人都说这是报应，菊却叫人给他们送了一些钱过去，说，孩子是无辜的，我不能见死不救。感动得男人和那个女人都给菊下跪。

菊就是这样一个女人，她不会做缠绕树的藤，靠别人来生存，她不是月亮，靠太阳来反射自己的光。她是一棵顶天立地的树，几经风雨，历尽沧桑，依然活出自己的坚强；她是一枝傲霜的菊，凌寒盛开，独自风情，在薄凉的时光里，活得优雅而从容，一颗尘心，早已雕琢得波澜不惊，人淡如菊。

如果说，菊一样的女人，是一道靓丽的风景，那么，就多赏赏吧，她能愉悦你的心情；如果说，菊一样的女人，是一剂美味的鸡汤，那么，请多喝点吧，她能滋养你的心灵。

第四辑

素心若雪，清凉入心

素心若雪

今年的雪好像早有预约，比往年来得似乎早了些。一场绵延了一个月的冬雨，终于化作漫天飞雪，纷纷扬扬地飘落。

秋的脚步还未走远，冬已经扯起洁白的衣衫，衣袂翩跹。时光总是这样匆忙，四季交替，你来我往，你方唱罢我登场，互不相让。

喜欢雪的空灵寂静，于苍茫的尘世间，破空而来，一路清芬，一路欢歌，一路婉转，一路悠扬。刹那间，将一个繁杂而纷扰的尘世，瞬间装扮成一个冰清玉洁的童话世界。

"忽如一夜春风来，千树万树梨花开。"

路边的法桐树下，厚厚的积雪覆盖在枯叶上，树枝上半黄半绿的叶片上，也顶着莹莹的白雪。旁边绿化带里，还有几株尚未凋谢的红花，像傲雪的寒梅。洁白的雪，抱着残红，拥着冷绿，犹如一个怜香惜玉的谦谦君子。红花与绿叶点缀着一片清凉纯白的世界，看起来是那么冷艳，顿时平添了几分温情与诗意。

外面已是冰天雪地，回到暖暖的温室，卸下厚厚的外衣，望着阳台上碧绿的吊兰，心中似乎拥有了整个温暖的春天，早已忘记了窗外的严寒。沏一杯清茶，临窗，听雪。看一帘洋洋洒洒的飞花，在空中曼妙着柔美的舞姿，一身诗意、一份清凉、一份素雅、一份潇洒。此刻，感觉这个世界是热闹的，也是寂静的，是清冷的，又是温暖的。任思绪驰骋，随着这漫天的雪花，一起飞舞飘洒。

记忆中，童年的冬天，总是与雪相连的。不顾大人的责怪，穿着母亲做的棉鞋，把厚厚的积雪踩得吱嘎吱嘎作响，那种声音听起来是那么美妙动人。还和同伴一起堆雪人，打雪仗，用冻得通红的小手攥了雪球吃，却不感觉凉，在雪地里滚打摸爬，奔跑着、欢笑着。有雪的日子里，总是快乐的、疯狂的。

时光飞逝，还记得彼时少年的你，一脸灿烂的笑，牵着我的手，在雪地里跑。只是那一段纯白如雪的时光早已远去，物是人非，此情可待成追忆，而你总是会在每一个飘雪的日子里，踏着纯白的诗行，款款而来。那一刻，好想与你，相约一场雪舞的浪漫，一起牵手，从风花雪月，走到天长地久。

窗外，雪簌簌地下着，那声音很软绵很轻柔，格外地安静。这飞舞着的精灵，是那样洒脱，洁白而轻盈。无拘无束地在风中飘飞，素雅而决绝，令人歆羡。活在天地间，哪怕只是短暂的一瞬间，却活得这般任性，随心所欲。活成世人眼中的风景，洁白安静，按自己喜欢的模样，自由自在地飞翔。

我们凡人也只有羡慕的份儿，只能向往，却不能像雪花一样随风飘扬。太多的约束、太多的牵绊，一颗尘心，终难如愿。

其实骨子里还是希望，像雪花那样纯白娴静地生活在人世间，无争无求。就像此刻，捧一杯热茶，于窗前听雪，分外迷恋这份安静到极致的美。轻盈而不染尘埃地盛开在寂寂无色的光阴里，不急不缓、不紧不慢，品着细细碎碎的时光，慢慢变老。

春去冬来，花谢花开。雪落了一年又一年，年年岁岁，岁岁年年，花依旧，雪依然，只是更改了旧日时光，偷换了昨日容颜。那些纯白的记忆，那些青涩的过往，早已随着时光远去，无影无踪，落得白茫茫一片大地真干净。

很多时候，我们以为还很年轻，很多时候，我们不服老，那不过是一种心态罢了。谁能与时光抗衡呢？谁都不能，谁都逃不过。在尘世的染缸里，我们也很难做到纯白如雪，因为我们要生活、要拼搏，有很多的无奈，很多的纠结。就这样，不知不觉做了岁月的奴，做了命运的奴。

辛辛苦苦行走了这么久，很想停下来，听听雪落的声音，听听内心的呼唤。很多时候，真的很难做到心如止水。正因为很难做到，所以才向往雪的洁白、雪的安静、雪的轻盈和自由自在。这是一种境界，我知道很难抵达。

唯愿，此生，能够像雪一样洁白轻盈，拥有一颗清凉心，在苍茫天地间，等待那一树一树的花开，素心若雪，活出一份淡雅清芬。在这个清凉的世界里，一直深情而执着地活着，足够了。

繁华落尽，清凉入心

冬天，是盼望一场雪的。

雪是冬日天地间的精灵，有了雪做铺垫，寂寂萧瑟的冬便增添了几分诗意与灵动。沐浴在一片冰清玉洁的童话世界里，素心若雪，清凉入心。那一片纯白，像飘落了一地的回忆，既喧嚣又安静，既清凉又温暖。

你看，雪落在哪儿，都是一幅画、一首诗。雪落在窗前，"窗含西岭千秋雪，门泊东吴万里船。"你可以倚窗而坐，沏一杯清茶，落雪听禅。窗外雪纷纷，庐内人寂静，半盏青烟缭绕，一室禅意悠远，轻轻拨动着心弦，薄了又薄的心事，凉了又凉的句子，暖了又暖的心念。就这样，落在了我的窗前，又温润了我的心田。

雪落在空旷的大地上，白茫茫一片，银装素裹。"千山鸟飞绝，万径人踪灭。孤舟蓑笠翁，独钓寒江雪。"这是怎样的一种意境？一个人，走在寂寥的原野上，脚下是皑皑白雪，寒风吹彻，独钓一江寒雪。天地苍茫任我行，拂袖而去，身后留下一行平平仄仄的韵脚，和一副冷寒清绝的背影。

雪落在褪尽繁华的树枝上，"忽如一夜春风来，千树万树梨花开。"没有了枝枝蔓蔓的纠缠，删去了喧嚣与纷扰，闲逸的枝丫伸向雪后的碧空。似一剪流云，如一缕细风，简洁静美，苍劲挺拔，玉骨琼枝，沉静从容。

最喜欢《红楼梦》里的那一段结束语：好一似食尽鸟投林，落了片白茫茫大地真干净。

宝玉出家了，一袭长衫，衣袂翩然。看淡了一切，勘破了世事，素心一颗，凛凛然走在白雪苍茫的天地间。红尘俗世被远远地抛在身后，风烟俱净，那是怎样的一种空灵与明净？

小时候每当看到这一幕，总是不懂，而现在到了人生暮雪，越来越感悟到了其中的悠远禅意。深深地体味到，一切终将远去，万事皆为浮云、风吹过。

任何时候，简单和干净都是这个世间最饱满最有震撼力的东西。万事万物都是慢慢往回收的，那些鲜衣怒马、盛世繁华，最终都会被这简洁的一笔，轻描淡写成一幅山寒水瘦的水墨画。将喧嚣挡在红尘之外，删繁就简，清凉决绝，只剩下一片简单而干净的纯洁世界。

不忘初心，方得始终。年龄越长，越来越懂得淡然从容，少了欲望，多了沉静。岁月褪去了那些华丽的外衣，只留下一颗纯净如雪的心，简明扼要，沉静内敛，从容达观，有着盛世的清凉与璀璨。

不再追求那些无谓的身外之物，不再计较别人的评判，不再贪恋浓烈与香艳，不再纠缠是非恩怨。能够深情地活在这个多彩的世间，已是对人生最好的交付了。学会妥协了，学会看淡了，与生活和解，与内心和解，与世界和解，渐渐地懂得，岁月是一本无字经书，它能教会我们许多许多。

在俗世里美好而诗意地活着，每天都能看见欢喜。比如窗前的一朵闲云，阳台上的一朵静花，案前的一抹暖阳，手中的一杯清茶，以及指尖的一缕墨香。将琐碎的日子过成诗，将繁杂的人生走成画，随遇而安，随喜而喜，且行且歌，到最后，修得一颗慈悲心、一颗清凉心，是岁月最大的恩赐。

这一生，舞尽霓裳，往事渐凉。暖过一回，凉过一场。

浮云吹作雪，世味煮成茶。
空山人去远，回首落梅花。

素白

　　最美的，往往是最简单的，简单到只剩下白。那是内心的底色，不张扬，不献媚，素颜薄面，干净纯粹，娴静内敛，明净清凉，不染一丝尘埃。淡到极致，美到无瑕。

　　去花店，各色各样的花卉五彩纷呈，一抹洁白，瞬间吸引了我的眼球。百媚千红里，她显得那么素雅、那么安静。白白的花瓣，如锦如缎，挤挤挨挨，簇拥在一起，轻盈如翼，似一朵出岫的白云，染了几分仙气，飘逸着一份仙风道骨的雅韵。没有一点芳心蕊，只有一颗素白心。

　　一问才知道，原来这素素白白的花，还有一个极其美丽的名字：仙客来。难怪生得这般卓然超群，一眼便爱上了。美的东西，总能带给你惊喜与震撼，在抵达心灵的刹那，便成了你的心心念念。

　　素来喜欢白，白的雪、白的云、白的玉、白的瓷，还有那些素白的花。淡雅的茉莉、娴静的海棠、三月的梨花、五月的槐花、六月的青莲，还有那仙子般的仙客来。不与群芳争艳，白得决绝，白得纯粹，白得清凉，白得一意孤行。

因为喜欢雪，前几日写了一篇文章《素心若雪》。一个素不相识的朋友，特意从洛杉矶打来越洋电话，说她非常喜欢这篇文章，一眼便入了心，随即把名字也改成了"素心若雪"。因为她也非常喜欢雪，刚刚在故乡老家赏了一场雪，许是正暗合了她此时的心境吧。我们就这样在一行纯白的诗里相遇，初见惊艳，清凉而温暖。

素心若雪的人，无论隔着山水迢迢，无论相距天涯海角，总能在朴素的光阴里，温柔的遇见，喜悦如莲。

特别喜欢白音先生的那首纯白的小诗，"巷陌梨花初开，如雪一样初白，往事最美不过如此，初见你，一生初盛开。"

想来，世间的缘分，最美不过一分素、一分白。人生若只如初见的美好，念及便是一段素白的记忆。多少梨花似雪的初见，温柔了薄凉的时光，多少梅开落雪的相遇，嫣然了素色的流年。

初读白音先生的文字，便惊艳了我的眼眸。那些清简的小字，笔笔都是海棠花里寻往昔。采过云的飘逸，赏过雪的清凉，看过露的晶莹，触过玉的温润，闻过荷的清香，似一朵素净的小花，寂静而清芬，纯粹而美好，读来唇齿留香，韵味悠长。

愿将这朵素雅的小花，别在岁月的衣襟上，长长的人生，明月照花影，暗香盈盈，风过池塘，荷动莲香。草木莲心，与美好同行，成就一段素白人生。

说到底，人生最美不过，素年锦时里，做喜欢的事，爱喜欢的人，一颗素心，闲对花月，温婉于人，纯善于心，过朴素的日子。心里住着白云清风，守一段静简的时光，删去多余的杂质，时时都能看见欢喜，让生命回归到最初的本色，简单自然，纯粹安宁。

在这个隆冬的季节里，外面是白雪纷飞，一片银装素裹，窗前一抹素白悄然盛开，犹如仙女般飘然而来。素心淡雅，暗香盈盈。

唯愿，这一生，清清白白，干干净净，百事不争。写一行素简小字，走一行纯白的诗，到最后，走成清风，走成白云，素雅一朵花，芬芳一世情。

冬日的旷野

是冷月初升的向晚，是将暮未暮的黄昏。寒风吹彻着我紧裹的衣衫，一个人漫步在冬日空旷无边的田野上。光阴真是飞快啊，只是一个转身，匆匆半生已过，来不及感叹，走着走着，夕阳残照，苍山暮远了。

"千山鸟飞绝，万径人踪灭。"

冬日的旷野，一片肃静。大地卸去了往昔的繁华与喧嚣，在寒风瑟瑟的号角声中偃旗息鼓。原野上是一望无际的越冬的麦田、衰草，还有树木和远方。麦田里偶有几冢零星的孤坟，使得原本空旷寂寥的原野，更增添了几分荒凉之意。一抹夕阳穿过光秃秃的树干，给大地与万物披上了一层橘红色的外衣。远处的村庄被一层轻纱般的薄雾笼罩着，暮色苍茫中，显得格外朦胧而迷离。

那些树木，告别了曾经翠绿的年华，在暮色黄昏里，默默地矗立着，无论繁华或寂静，它依然不动声色地迎来送往，不卑不亢。与过往的路人，既不靠近，也不远离，仿佛尘世所有的繁杂，都奈何不了它。寒风卷起一地枯黄的落叶，沙沙作响，即使离别，也离别得别有风姿；即使凋零，也凋零得长风浩荡。

原野上，最惹人注目的便是那高高的树枝上蹲着的鸟巢，以及小河边那一片片飘荡的芦苇。你走着走着，一抬头，便可以看到，高枝上那一个个黑乎乎的鸟巢。鸟巢的旁边，还有几只喜鹊。高枝已约风为友。在这萧瑟的暮色里，看到这一幕，会让人的心暖一下，又暖一下。在一片清冷的世界里，别的鸟儿早已飞到暖暖的南方去了，只有为数不多的几种鸟儿独守着一方天空，算是北方大地上最忠实的护卫了。岁月辗转，四季交替，它们始终如一，不离不弃，一直在这一片挚爱的土地上繁衍生息。

一阵风吹过，那片芦苇荡带着兼葭苍苍的远古况味，没有了往日的翠绿与繁茂，只有铮铮风骨在烁烁飞扬。像阅尽世事沧桑的老者，仙风道骨，浩气长存，是冬季里最令人动容的一抹风景。它们从来不是一株两株，而是一丛丛、一簇簇、一片片，携手并肩，齐心抱团，夏季一起葱茏，冬天一起取暖。无论是生动还是萧瑟，只是改变了颜色，唯一不变的是生命的姿态，始终在风中飞扬、浩浩荡荡。

走在这无垠的旷野里，往日里那些纷乱的思绪，立刻像大地一样沉静下来。旷野是如此广袤，深刻而饱满。那些站在风中的树木、荒草和芦苇，还有那昼夜不息的河流，一直在岁月里永无穷尽地静默着。繁华与落寞、得到与失去，这巨大的反差，又如何来均衡？大地始终无言，唯有包容。《周易》上讲，"天行健，君子以自强不息；地势坤，君子以厚德载物。"可见，唯有大地，拥有宽厚博大的胸怀，才能承载万物，有大美而无言。

离离原上草，一岁一枯荣。野火烧不尽，春风吹又生。冬日的旷野是静止的一幅画，它褪去了那些华丽的衣衫，裸露出原始的风骨，最本真的面目。守得住繁华，耐得住寂寞，这是一种美德，也是人生的智慧，更是一种高尚的境界。它需要走过山重水复，跨越千山万壑，八千里路云和月才能够抵达的。

走近冬日的旷野，你需要用一份豁达明净的情怀去面对。与大自然融为一体，倾听大地的梵音。看时光的脚步，穿越冰冷的严冬，那些生命的悲喜，那些不动声色的美丽，慢慢地融入心灵里。草绿草衰，花开花落，雁去雁回，春来莺歌燕舞，冬来雪舞轻盈，都有别样的风情。人生故事本相同，季节的轮回，给了我们太多的感动。一如人生，每一段路，都是一种领悟，教给了我们很多的智慧，同时也丰盈了多彩的人生。

不再去感叹，只因万物皆有其归宿，人生都是从繁华走向沉寂，世事也由不得谁来掌控。学会看淡，像一株植物一样顺应天时，枯荣随缘。每一个人都有自己的人生路要走，辉煌也好，平庸也罢，只要用心地走过每一步，才会无憾这一生。

冬日的旷野，给了我们更多的启示与感动，也让我们读懂了，在一片寂静中，正孕育着生命的下一个轮回。不再追求圆满，不经历磨难，不会懂得生活的甘甜。没有一番寒彻骨，哪来梅花扑鼻香？相信，人生的每一次遗憾，都是一种成全。

光阴从不厚此薄彼，茫茫宇宙，我们不过是一粒默默行走的尘埃，最终，谁也逃不过一纸宿命安排，尘归于尘，土归于土。只是在这条不归的人生路上，需要放慢你的脚步，用一份淡泊，来寻求心灵深处的一种安宁，用一份诗意，点燃寂寥的人生。

一路走来，一程山水，一程风雨，一路美景，一路泥泞。时间是一剂良药，它能让那些曾经刻骨铭心的人或事，也变得越来越云淡风轻，让过往的一切都随了风。岁月可以风干所有的记忆，包括那些不可言说的伤痛。经历了那么多，最终的最终，才明白，人生最曼妙的风景，是内心的淡定与从容。

与你，共一盏茶的光阴

朦朦胧胧的细雨，从昨夜一直下到天明。喜欢这样飘着烟雨的天气，雨不大，安静地下着，没有一丝风。沉浸在一个人的时光里，可以冥想，任思绪飞扬，可以融入文字中，当然，最美的是躺在安暖的被窝里，听着天籁之声，枕着雨的韵脚，悠然入梦。

突然接到同学的电话，说明天去参加一个婚礼。真好！又要和同学见面了，心里顿时很温暖。混了半辈子，经过了那么多得风风雨雨，能够坐下来说说话的，留在身边陪你哭、陪你笑、陪你疯、陪你闹的，也就这么几个知己好友了。所以，每一次相逢，都显得格外的珍贵而隆重。

入冬以来，这场绵延的小雨就没有停过。其实，深秋和初冬并没有什么明显的不同，只是这场冷雨，将季节划分得泾渭分明。走在街上，风夹着寒意吹在身上，不由得裹紧了衣衫。一些树木还没来得及卸下绿装，便被追赶着走进了冬的苍凉。

短暂的相逢，总不能让人尽兴。饭后，把远道而来的两个同学留下来，有一个同学请大家去喝茶，这是个好主意。这样寒冷的天气，又恰逢飘着蒙蒙细雨，取一处静舍，三五知己，相对而坐，一盏清茶，无关风月。可以谈笑风生，亦可以相对静默，甚为风雅。

于是一行人来到了一个叫"名苑雅居"的茶楼，这是小城比较有名的一家茶社。典雅的居室，配上精致的茶具，清雅婉转的乐声轻轻地飘着。泡茶的是一位素色的女子，淡淡的妆容，低眉，敛静。

茶，喝的是一种心情，品的是一份雅兴。在恰好的时间，优雅的环境，闲淡的心情，与懂得的人，相坐对饮，何等惬意。一只精致的茶杯，小巧玲珑，细致温婉，茶杯底部镶嵌着一朵悠悠绽放的莲花，带着古韵禅意，透着清雅幽韵。茶需细品，浅酌慢饮，方能品出时光之味来。袅袅的茶香，伴着悠悠的古筝，一杯碧绿的清茶，一曲云水禅心，心中刹那间便盛开了一朵莲花。

屋檐上的雨滴着，案前的水沸着，一颗心暖着。雨是冷的，茶是香的，心是静的，三五知己，围炉而坐，寂静欢喜。心念沉静，雅居听雨，手握一盏唇齿留香的清茶，哪管它晚来风急？

人生，一回相逢一回老，在漫长而短暂的一生中，能有几次这样的相会呢？与喜欢的人，共一盏茶的光阴，尤其显得弥足珍贵。这短短数小时的倾情相会，却不知经历了多少岁月的跋涉才能抵达，今生的良辰一刻值千金。仿佛以前所有的等待，都是为了这场盛情的相约而来的。

这相逢间的一笑，胜过一个深情的拥抱，不言爱最纯，不语情更深。

倘若时光深处，有这么一个地方可以将所有的悲喜收藏，我愿与你，在一盏茶里，付诸最深的情，倾尽一世的欢喜。惜取瞬间的美好，守住点滴的清欢，让流年如画，让岁月成歌。

遇茶如遇人，皆为缘分。在时间无涯的旷野里，在说不清的因缘里，与有缘人倾情一会，里面蕴含着多少上苍的眷恋，和最深刻的慈悲。想来这世间有几十亿人，而我们也只能活在几十个或十几个人当中，是多么的难得与珍贵。

因此，我格外珍惜这每一次的相会。拿出手机，不停地拍照，总想把每一分每一秒的美好和欢笑，都一一收录起来，好好珍藏。待到白发苍苍，再回望，那将是感动生命的美好回忆、涤荡心灵的美丽过往。

有一种情怀，清淡如茶，却又馨香怡人。没有功利，没有纷争，无欲无求，去伪存真。君子之交淡如水，淡淡的友情暖人心。一份知己的情、一盏暖心的茶、一抹清幽的绿、一缕沁心的香，让人在纷扰的尘世里安静下来。细品茶的清韵，那一份悠然、那一份风雅，回味绵长，淡而生香。

这案前的一盏清茶，一抹浅绿里氤氲着淡淡的暗香，仿佛帘外寂静的雨声，有着不动声色的素净。茫茫人海，能够拥有一份清淡如茶的缘分，人生便有了别样的风味；漫漫红尘，能遇到几个懂得的人一路同行，生活便有了不一样的滋味。人走茶凉又有何妨，每每念起，你便是我心上的那一缕清香。

愿有岁月可回首，且以深情共此生。

我知道，与你共一盏茶的光阴，会越来越少了，我知道，一回相逢一回老了，所以，我会把每一次珍贵的相逢，都装点成一帧美丽的扉页，安放在流年的风景里。待到有一天，岁月的风吹老了我们的容颜，也吹瘦了我们的思念，我们还能循着那一缕茶香，走进往事，找回昨天。然后对着岁月的镜头，莞尔一笑。

阳光，真好

　　静坐，临窗，冬日的暖阳，洒在身上，暖在心上。低眉，沉思，轻嗅着阳光的味道，静静地享受这静谧而美好的时光。或许世间总有些事，你只有经历了才会明白，它是多么的美好；只有失去了才知道，它是何等的重要。

　　我至今忘不了那一幕。就是弟弟临终前的那一天，他说想去外面看一看，或许是他早已感觉到自己时日不多了，恐怕来不及，他想看看这个令他无限眷恋的世界。坐在轮椅上，我们推着他极其孱弱的病体，来到病房的后院里。

　　此时，也就是那年今日，时至冷冬，阳光照在树干上，然而多么温暖的阳光，也无法暖透我们内心蚀骨的寒凉。弟弟抬起头，慢慢地环顾四周，沉默良久，仰望这那一缕明媚的阳光，脸上流露出一丝笑容，无限感慨而凄凉地说了一句：阳光，真好！

　　我再也掩饰不住无尽的悲痛，背过身，泪如泉涌……

对于一个即将走到生命尽头的人来讲，在他心里，他仍然存着一丝希望，那是生的希望！哪怕是看到一片风中飘落的残叶，哪怕是一束温暖的阳光，尽管知道这是一个奢侈的愿望，但那是他对生命无限的眷恋，以及对命运，对无可奈何花落去的感叹与哀伤！那些素日里，许多冥思苦想都得不到答案的纠结与困惑，仿佛就在某一个瞬间，一目了然。

弟弟还不到四十岁，从查出病到去世，仅仅六个多月的时间！在此期间，他遭受了常人无法忍受的痛苦与折磨。作为亲人，能做的，就是默默地陪伴在他身旁，静静地陪他走过最后的那段时光。看着他的生命一天天地在消失，却无能为力，束手无策。无限关山，别时容易见时难，落花流水春去也，天上人间！

弟弟的去世，对我的打击是致命的，他成了我心中永远的痛。我始终不敢去触碰，在他走后的这七年里，每每想起，心底的那道伤，仍未痊愈，隐隐在痛。我无法走出那片阴霾而苍凉的天空，他成了我生命里怎么也不能平复的一道伤痕。

在他有限的那段时日里，我一直陪着他与死神作斗争，尽管我们知道这是徒劳的，但总是期望奇迹会出现。心在滴血，泪在滂沱。经历了与亲人的生离死别，我也好像死里逃生一样。只不过是弟弟走了，而我又活过来了，我跟着他到黄泉路口，却始终没能抓住他的手……

我常常会伫立在一朵花前，或者一株草边，沉默良久，静默无言，感慨万千。是啊，人生一世，不过草木一秋而已。人的生命是如此地脆弱，不堪一击。明天还有多少个未知？不免令人感慨叹息。感叹世事的无常，感知生命的宝贵，唯有活在当下，好好珍惜。

人生的路上，总有些猝不及防的事，会不约而至。许多事，在你懂得珍惜之前，早已成了追忆；许多人，在你知道用心之前，早已阴阳两隔，不复再见；许多东西，拥有时，不懂得好好去珍惜，待到失去了才悔之晚矣。

人生老得快，聪明却来得迟。不管你明不明白，生命永远是一列奔驰的火车，从不曾停歇。等到终点，你再回首时，才蓦然惊觉，原来一路上还有那么多的美景，已经被你忽略。生命中，大多数美好的事物都是短暂易逝的，而我们常常会产生一种错觉，往往是幸福明明就握在你的手里，而你却一直在仰望那些够不着的，追寻那些虚无缥缈的，犹如水中月、镜中花，看似离我们很近，实则离我们很远。

很多时候，我们的幸福常常感受在别人眼里，我们对已拥有的幸福，总是满不在乎。比如生命、比如健康、比如青春、比如爱情。当你大把挥霍它的时候，你并没有感到它的弥足珍贵，其实，你欠缺是一次失去的经历。

生命无常，世事难料，你永远不会知晓下一秒会发生什么。最重要的就是把握当下，珍惜眼前，认认真真过好每一天，不给人生留遗憾。用一颗感恩的心，去触摸你够得着的幸福，比如家庭、比如友情，等等。

其实，那些对于我们无比宝贵的，都是大自然赐予我们免费的阳光、空气、蓝天、大地，碧水青山，朗月清风。

来是偶然，去是必然。我们每一个人，不过是茫茫尘世里的一粒微尘，早晚有一天会随风飘散。做好自己，走好每一步，不要迷失了前行的路，爱我所有，好好珍惜这只有一次的生命。漫漫红尘路，且行且珍惜。

红泥火炉暖，
酒干再斟满

　　冬日的午后，寒风掠过清瘦的枝头，片片洁白的雪花，轻盈地漫
舞着。覆盖了整个世界，一片晶莹纯白。

　　这纷纷扬扬的雪啊，洋洋洒洒地飘落，落在了房顶，落白了大地，
开满了树枝，铺满了院子。片片飞舞的雪花，像寒冬的精灵，晶莹了整
个世界，纯白了一季韶光。犹如一阕意境优美的词，朦胧了一个玲珑剔
透的童话王国。

　　最喜欢这飘雪的日子，有雪花纷纷而落，心里便滋生了几分诗意。
如此静美的光阴，怎么敢无端地荒废了呢？于是，给心心念念的几位友
人发了短信：晚来天欲雪，能饮一杯无？想必是心有灵犀吧，友马上回：
你备好菜，我备好酒，即可放马过去。素日里说笑早已习惯了，谁也不
会客气，那个回：这样的美景，又有美女加美酒，不去，岂不可惜？

　　折回身，静静地等待那风雪夜归人。整装，素颜上淡淡的一笔，
便比平日里多了几分妩媚。我向来不喜欢化妆，素面朝天是我的本性使

然，但与知己友人相会，总会细心的找出最得体的衣服，不一定时尚，但要端庄大方。

我喜欢独处，也不拒绝热闹。性格随和，既不张扬，也不内向，以诚待人，率真直爽。同学们也非常欣赏我这种性格，连老公有时也取笑我，笑说，见了同学就像见到亲人似的。我庆幸有这么几位同窗知己，无聊时我们时常小聚，感觉只有在他们面前，我才是那个真正的我。我可以大声喧哗，也可以肆意地大笑，无所顾忌，仿佛所有的不快与烦恼，在谈笑间全部忘掉。我喜欢这种感觉与氛围，那种与众不同的欢心，以及心灵默契的愉悦，那种畅所欲言的痛快淋漓。我深深迷恋着这种气息，也为之陶醉，没有了男女的定义，没有了时间的距离，仿佛除了纯纯的友谊，一切都显得多余。

若世间的美酒佳酿，没有掺杂了世俗的名利，没有了钱权的交易，该是多么的美妙醉人啊！相见亦无事，不来常思君。行亦正，思无邪，没有利益的纠缠，脱离了尘世的羁绊，也并非是官场的鸿门宴。只是友情的相约，是知己无瑕的世界，是一场纯洁心灵的盛世欢宴！

酒逢知己千杯少，酒喝的是一种心情，素日里不喝酒的我，遇到这种场合，总免不了贪杯。一个同学是某公司的副总，他拿来了自己珍藏了三十年的陈年佳酿，他说，谁也舍不得给，就专门为这几个同学特意准备的。一份感情，不在酒里，而在心里，一种情意，无须刻意，喝的是美酒，品的是心情，留在心中的是感动。

推杯换盏间，酒至微醉，嬉笑欢颜，云山雾罩。讲起在校时的一些笑话，大家都笑得前俯后仰！门外雪舞风致嫣然，屋内红泥火炉暖。你看我是桃花溪水，我看你是云霞烂漫，酒香，情浓，意阑珊。大有壮士一去不复还的豪迈，意犹未尽，酒干再斟满，一杯又一杯，今夜不醉不还！

在知己的世界里，没有了虚情假意，褪去了伪善的面具，心不设防，坦坦荡荡，整个人是玲珑剔透、清澈阳光、自在舒畅的。也只有在这样的一个世界里，才能展示一个真实的自我，听从心的感觉，一切最原始的本性，都能尽情地挥洒，而不必去看别人的脸色。

难怪一个同学说，活到这个份上了，什么金钱名利都看淡了，能够这样坐下来胡说八道的，还有几人？

是啊，相识满天下，知己屈指可数。

岁月不停地辗转，烟雨红尘里，总有那么一些人、一些事，在你的生命里，轻轻地来，轻轻地去，留下一行行或深或浅的痕迹，是流年岁月里，永远也抹不去的记忆。

身在尘世不染尘，就像这冰雕玉洁的纯白世界，清凉而温暖，明媚而圣洁。一生中，能知遇这样的知己，夫复何求？

冬日，那一轮蓬勃的朝阳

光阴如白驹过隙，走过夏的葱郁，迈过斑驳的秋，辗转又来到这一季冬。不知是贪恋着秋的余韵，还是留恋着那墨绿的光阴，悲与喜、冷与暖，总在这一季节里碰撞交替，就连忧伤也带着一丝美丽。

沐浴着一身暖阳，漫步在路上，有时候竟然分不清，这究竟是秋水长天的风清日朗，还是萧瑟清寒的冬日暖阳。走过一程山水，路过一些风景，总有些人，念念难忘，总有事，烙印在心上，总有些曾经，需要用心去珍藏。

每天奔波在这条熟悉的路上，我总是喜欢观望车窗外的景象。从春风杨柳，看到夏花妖娆，从落叶飘零，看到冬季萧条。不论哪种景致，都是温馨迷人的，车外是飞驰而过的景物，车内是凝神专注的看客。

我特别喜欢这种感觉，每每遇到一些能够触动我灵感的景色，我就会把它拍下来。最喜欢清晨那一抹绚烂的朝霞，还有那一轮蓬勃的红日。微醺的晨曦里，似乎有着一种深不可测的力量蕴含在里面，令人遐想，给人希望。一片空旷寂寥的原野上，只有枯萎的草木、房屋和树影。朝霞透过树枝，倾洒着迷人的色彩。

不远处还有几缕农家飘出的炊烟，合着苍茫大地上朦胧的薄雾，如梦似幻。此时此景，不由得让心驰神往，触景生情。心中升腾的是希望，手中盈握的是温暖，眼眸里看到的是明媚，身边感受的是美好。

常常被一些思绪所缠绕，就像这田野里稀疏寒枝，纠缠在风中。走过了一季的葱茏，告别了翠绿的年华，心里还涓涓流淌着昨日的温情，转眼，又迎来一个姗姗来迟的冬。一些不为人知的心事，在心底暗流涌动，总需要一缕暖阳，去抚慰内心暗隐的憔悴与荒凉。总有一些梦想，等待着一束明媚的灯火，去燃放。

心中荒凉的人，即使走在繁华的季节里，周围也是绿荫掩映的翠枝凝露，眼前是绚丽夺目的千娇百媚，在他心中，时光就是一潭死水，激不起一丝微澜。不会有灵动的思绪，也没有萌动的希望，所有的生机都掩饰不了内心的萧瑟，所有的梦想都代替不了世界的苍凉。

内心丰盈的人，却恰恰相反。即使在寒风吹彻的冬天，季节凋零了落叶，荒凉了田野，而眼中也依然有明媚，心里依然充满温暖。正如路边的那一片荒草，沧桑掩不住希望，荒凉锁不住梦想，心中正孕育着无限深情，期待明年春来，又是春风十里的柔情，伴着杨柳摇曳的风姿，曼妙着生命的诗意。

人生的路上，总有那么一段时光，是寂寥荒凉的。正如这季节的变换，总有一段寂寞的清寒，但正是这种沧桑与荒凉，才使得我们的生命更加丰盈，它是一种人生的况味，需要我们去体验。春生夏长，秋收冬藏，这是万物的生存之道，我们不能去拒绝，相信所有的一切，都是岁月赐予我们的美好。

就在我拍下眼前的这一抹朝阳，正对着蔚蓝的天空凝望，不远处，一位老农悠然地走在田野间。看着成片的麦苗，脸上掩饰不住的喜悦。或许，在他心里，也升腾着一种希望，期待明年，又是一个风调雨顺的好年景，等待着下一个季节，又是一番好收成。

在这个冬天，我也会有寂寞和孤单，但我心中始终盛满了温暖。若有梦想，即使千山暮雪，亦不觉寒，眼中有朝阳，心中有希望。心里装着春天，数九寒冬也会长出绿茵，荒草野地也能滋生美好，心里有阳光，就会花香满园，四季芬芳。

做个温暖的人吧，迎着初升的晨曦，无论何时何地，世界在我眼里，所有的所有，都是深情的眷恋，都是灵动的诗意。

冬天已经来临，春天还会远吗？

第五辑

懂得，比爱更重要

半生缘，一生痛

　　下晚自习了，同学们陆续地走出教室，我依然坐在那里，拿出早已准备好的蜡烛，因为一会就要熄灯了。我每晚都是如此，趁夜深人静，别的同学都去洗漱了，我安安静静地抓紧机会多学一会，准备这一年的高考冲刺。

　　出身农村的我，深深体会到，只有好好学习，考上大学，才是我唯一的出路。那个时候，学校对学习抓得不紧，每周末都放假，别的同学都走了，只有我一个人留下来，每个月只回家一次。因为我的勤奋好学，我在班里的成绩一直是名列前茅的。

　　平时的我，一身素衣，少言寡语，除了学习就是学习，几乎不和男生交往。直到有一天后，每当我走进教室，总感到有一双炙热的眼睛，一直在凝视着我。他就在我身后左边的座位上，他是班长，叫欧阳平，长得清瘦干净，一米八的个头，沉着稳重，不善言辞。我们几乎没有说过话，一心只读圣贤书的我，对于这样一个阳光帅气的男生，心里亦是充满了欢喜。尤其是他那脉脉的眼神，大胆而热烈地望着我时，更加令我心神难安，心像一湖水，荡漾起层层涟漪。被他看的我羞红了脸，赶紧匆匆地坐下，依然能感觉到后背上，有一股热辣辣的东西在流动。偶尔，四目相对的刹那，我们都慌乱地转移视线，其实彼此都在掩饰着内心的狂喜与不安。

这样的场景，被细心的女友发现了，她悄悄地对我说："喂，班长看上你啦！"我说："别胡说了。""你没有看出来啊，他最近一直盯着你看啊，我都注意他好长时间了。"我假装不知，她又问："给你写情书了没？"我说没有。"那你对他感觉怎么样？如果你喜欢他的话，我去和他说。"我一把扯住她，千万别啊！她说，他们两家是近邻，经常来往的；我表明我的观点，我就是喜欢也不能，因为我的任务是考上大学，其他的暂时什么都不能想。

谁知那一天，她高兴地告诉我，她去欧阳家了，他不在家，他的父亲说，这孩子最近也不知怎么了，老是魂不守舍的，问他也不说，这样下去，不耽误学业吗？女友说："我肯定，他一定是爱上你啦！"

在一次体育课上，老师叫我们长跑。体育是我的弱项，我一直是不及格的，尤其是长跑 800 米，本来就体弱单薄的我，这一口气跑下来，气喘吁吁，脸色煞白，突然就晕倒在地上……

等我醒来时，一眼看到欧阳，目光焦急，正坐在医院的病床上，关切地望着我。看到我醒来了，他一下子站起来，对身边的女友说："醒啦，她醒啦！"女友说："哎呦，你终于醒来了，可把我们给吓死了，你知道你是怎么来这里的吗？是班长背着你，一路小跑过来的，累得满头大汗呢！"

我第一次这样正视着他的眼睛，他亦不回避，微笑地看着我。此时，我的心狂跳不已，满满的感动，却说不出一句话。就那样久久地，久久地望着他脉脉的眸光。

从那以后，我们的心又拉近了一步。可是忙于学业的我们，却没有一次正式地说过话。

不久，他的父亲让他转学，到市里的一所高中就读。据女友说，他父亲一心让他考上大学怕他耽误了学业，所以才选择转学。我心里突然有一种莫名的失落，在临行前，他留给我几个字：后会有期。我望着他渐行渐远的背影，还不时留恋地回眸，心里酸酸的。就这样，他走了，我们竟然连一次握手都没有。

我收拾好心情，重新投入到紧张的学习中。功夫不负有心人，当我接到录取通知书的时候，心里别提有多高兴啦！

新学期就要开始了，这将是我人生的一个转折点。当我满怀激情与喜悦，踏进大学校门的时候，一个熟悉的身影跳入我的眼帘。是他，欧阳！他正冲我微笑，我惊喜地奔过去，一把拉住他："欧阳，真的是你？"他说："我们同在一个城市，不是一个学校。""是吗，太巧啦！""无巧不成书啊，我说过的，后会有期。或许，这就是我们的缘分吧。"

　　他说，他是在女友那里得知我的消息。因为在他转学不久，他的父母也搬家到了市里，和我女友也失去了联系，这次回老家，他特意去女友那里打探到我的情况。

　　大学的生活是全新的，比起高中紧张的氛围，这突然松弛下来的安静时光，我一时竟然难以适应了。除了上课学习，就是吃饭睡觉，每逢周末，还能美美地睡个懒觉，真是幸福死了。

　　每逢周末，欧阳就会来找我。我们一起逛街，肩并肩走在绿树成行的马路上。我们走遍了这个城市的每个角落，这里留下了我们太多太多美好的回忆。欧阳是个非常细心、懂得体贴的人，他就像大哥哥似的每时每刻地给予我关心与呵护。比如天凉了，多穿件衣服啊，连我吃什么饭，他都一一过问。他说我太瘦了，一定要多吃，把身体养好了，就连过马路，都是拉住我的手。在他面前，我简直就是一个被宠爱的小公主。

　　一次我问他，你当初怎么会喜欢我呀，我长得又不漂亮。他握住我的双手，用含情的目光凝视着我："小傻瓜，你只顾学习，什么都看不到，其实我早就暗恋你好久啦。是你刻苦学习的精神打动了我，全班没有一个像你这样的，记得吗？每次下了晚自习，你都是一个人留在教室里学习。我不放心，悄悄跟踪了你多少次啊，等你关上教室门，我看着你回到宿舍，那个时候都深夜了，宿舍灯都熄了，你呀，真够大胆的。"

说完，他用手刮了我鼻子一下，我笑着把头埋进他怀里，他紧紧地拥着我。我能听见他的心跳，我幸福的像只快乐的小鸟，快要飞起来了。我想，这个温暖的怀抱，将是我一生的依靠。

文学是我们共同的爱好，我们经常在一起探讨。当时我还记得我写了一篇人物小传，被校刊发表了，我因此也成了文学爱好者。《红楼梦》是我的最爱，初中的时候，粗略地读过一遍，现在又重新仔细地阅读。欧阳曾经取笑我，说我就是黛玉的性格，体弱单薄，多情善感，心思细腻，还有我的小任性。有时候他干脆喊我颦儿。我说："我是林妹妹，那你就是宝二爷了，你可不能辜负了我的一片痴情哦，免得我手把花锄去葬花。"欧阳笑了，指着我："我说颦儿啊，你书读得太多了吧，你若是去葬花，那我也当和尚去。再说了，那都是文学作品的虚构，我们可是现实版的啊，谁能阻止我爱你啊！"

我被他的真情所感动，也深深地爱上了他。他也很重情，尽管经常见面，但每次都会递给我一封情意绵绵的书信。记得有一次，我们在路上，突然下起了大雨，附近又无处可躲，欧阳随即把他的上衣脱下来给我披在身上。回到学校，看着他只穿了一件背心，身子在瑟瑟发抖，还连打了两个喷嚏。

大学的时光，就这样幸福地流淌着，转眼，到了毕业分配的时候。按原则一般都是哪来的回哪里，我就顺理成章地回到了老家，而他，因为姑姑在省城，就把他分配到省城了。我们的爱情又将面临一个新的抉择，因为，在当时，调动工作是相当困难的，尽管如此，我们依然对未来、对爱情充满信心。

在毕业后一年中，我们一直来往，他有时来我这儿，我也去他那里。然而，当我们把婚姻大事提到议事日程上来的时候，却遭到了双方父母的强烈反对。在他们看来，两地分居是极不现实的，尤其是欧阳的父亲，他坚决不同意。他姑姑在省城给他介绍了一个又一个，都被欧阳拒绝了。

后来，有好长时间没有欧阳的消息，我给他写了两次信也没回，我开始忐忑不安。最终，我等来了他的信，信上说，他扭不过父母，姑姑给他介绍了一个高干家庭的女孩，他们已经订婚了，最后说，叫我忘了他……

我当时就像五雷轰顶，一下子懵了！我不相信这是欧阳写的，可那清秀的字体，分明就是出自他的手啊，几年的感情啊，就这么轻描淡写了吗？我不信，不信！

我神思恍惚，倒在床上，不吃不喝，脑子里一片空白。这种打击对我来说，是致命的，我犹如独自行走在漫漫黑夜里，茫然四顾，周围漆黑一片，看不到一丝光明，像一只失控的船儿，漂呀漂……

我把自己关在一个房间里，翻出这几年来欧阳写给我的情书，厚厚的一堆。我想起了黛玉焚稿，没有想到，当时的一句玩笑，而今变成了现实。我一边哭，一边点燃着那些书信，袅袅的烟雾缭绕着，爱在号啕，心在滴血！就让我的梦，连同我的爱情，连同那颗破碎的心，一起灰飞烟灭吧！

在父母的撮合下，我闪电般地把自己嫁掉了。其实，我是在赌气，我用这种方式报复欧阳，也惩罚我自己，只是，我把婚姻当成了赌注。

婚礼的那一天，欧阳意外地出现了。只不过，他的左臂上缠着厚厚的绷带吊在胸前，我分明看到了他凄婉的眼神里，有莹莹的泪光在闪动……

一旁的女友告诉我，欧阳一直不让她说，其实，他并没有和那个女孩订婚。在他父亲极力反对我们的婚姻时，他和父亲闹翻了，父亲气得住院了。在一次去往医院的路上，心神不定的欧阳，与迎面而来的汽车相撞，把他挂倒在地，车又从他的左臂上碾过。

他昏迷了好几天，医生说，这条胳膊恐怕保不住了。在那种情况下，他才写了那封信给我，如今，左臂总算保住了，但却永远的"残疾"了……

朦胧夜里箫声悠

　　山高水远，夜凉如水，一弯冷月，缓缓爬上了天空。淡淡的云雾，笼罩在苍茫的水面上，月朦胧，水悠悠，你一袭长衫翩然，站在云水之间，手持一管箫，悠悠而吹。

　　那一缕清音，隔着夜，隔着雾，如江面上暗转的风声，滑落在寂静的夜里，低回婉转，若隐若现。时而温婉，时而缠绵，时而惆怅，时而幽怨，一下子让人震颤不已，有一种窒息的感觉。

　　我被那箫声吸引，循声而去，我看见你郁郁寡欢、沉默冷峻的面容，那清冷与孤寂，随着一缕箫音飘出来，一直弥漫在微凉的月夜里。

　　我知道这是梦，不知道有多少次做着这样一个同样的梦。梦中，你从一缕箫音里向我走来，你从水天一色的梦境里向我走来。而每当我想要抓住你伸过来的手，江面上便会徒然漫过一团云雾，你瞬间消失在一片雾色里，再也寻不到……

其实，你何尝不是我的一个梦，一个永远也无法抵达的梦。而那一管箫声，是你寂寞中的寂寞，更是我忧伤中的忧伤。每一次听，我几乎都要落下泪来。

我不知道，从何时起，迷恋上箫，我只知道，当我无可救药地爱上箫的时候，我已经沦陷得无法自拔了。

那该是一个阳春三月的午后，窗外一帘春色渐浓，恰有细风吹雨，漫天的花瓣飘落，翩翩如纷飞的蝶。你说，你最喜欢这样的天气，这样的景致最适合吹箫，于是，隔着山重水复，隔着层峦叠嶂，你的箫声远远地飘过来。

那是怎样一场梨花如雪的遇见？此曲只应天上有，人间能得几回闻？那箫音简直就像一条蛇，滑滑的、凉凉的，一直蜿蜒缠绵到心里去。像飘落的花瓣，寂静、清凉，回旋在悠远的天空中，有苍茫的远意，有欲哭无泪的悲喜。

那一刻，我突然明白了，音乐是可以在一瞬间就能够抵达人的心灵的，而一旦深入灵魂的东西，是很难将其忘记的。就像某些缘分，不过浮萍过往，转头成空，而有些缘分，却是过目不忘，它会在你的生命里落地生根，然后，抽枝开花。

你说，你总是在夜深人静的时候，尤其是月色朦胧的夜里，独自对着无边的寂寞，箫声悠悠。

不知道有多少个那样的夜晚，那些梧桐满地的阶前，那些月照花影的夜里，我就那样坐在你的箫音里，沉醉不醒。那是一种痛苦的愉悦，也是一种是甜蜜的忧伤。因为我分明听到了那低沉而饱满的激情、那缠绵而厚重的心结、那说不出的落寞与忧伤，还有那欲说不能的心事，一定在低婉的箫音里深藏。

我始终无法忘记你那双忧郁的眼神，那是我梦里一抹古典的清愁。有月色的清冷，有幽谷的深远，有春水的温柔，有黑夜的厚重。是灵魂偶遇的惊喜，是天涯望断的落寞。

远若青山，深若幽谷。多少旖旎的风景，多少落寞惆怅，多少心痛难当，在这一帘月色里，在这袅袅箫音里，在高不可攀的寂寞里，两两相望，两两难忘。

是日日思君不见君，共饮长江水，是相顾无言，唯有泪千行。苍茫复苍茫，却永远走不出红尘羁绊，过尽千帆独凭栏，万转千回的心事，也只能在一曲箫音里流淌。

早已明白，再深情的岁月，终究抵不过命运的苍凉。内心的千军万马，也只能在暗夜里厮杀。不离不弃，莫失莫忘，也只有在一袭月色里，寻找想要的那份地久天长。

那静夜里的低语，如泣如诉。那样的夜晚，那样的箫音，就那么滑啊滑，滑落到时光里，和着微凉的月光以及不可触及的伤痛，一直漫延到心头……

　　一管箫声悠悠，一曲心音袅袅。带着远古的呼唤，载着千年的思念，直吹得梨花纷纷、乱红遍地，有旷绝千古的空灵与寂静，有月如钩，独上西楼的寂寞与惆怅，有送你离开千里之外的无奈与沧桑。二十四桥明月夜，玉人何处教吹箫？

　　高山流水遇知音，我想，箫遇到了懂他的人来演奏，也算是琴瑟和合，那该是一场春风桃李的美丽邂逅！八千里路云和月，转山转水，终于等来了这千载难逢的心灵之约，从此，山长水远的人生，归去来兮，便不再是孤独的旅程。千年的相思，终于有所归属了，千古的绝恋，终于可以牵手了。

　　此时，窗外已是更深露重，月色溶溶，你的箫音又飘来了。

　　碧云天，黄叶地，你站在梦的边缘，那些音符像飘落的花瓣雨，带着幽幽的暗香，婉转，缠绵，荡气回肠。像一阕宋词：烟水茫茫，千里斜阳暮。山无数，乱红如雨，不记来时路。

　　情切切，意绵绵，谁将柔情深种，共我一帘幽梦。

有多少爱可以重来

　　落花斑斓的午后，我静静地坐在室内看书，书几行明媚的小字，细细翻阅着流年的旧词。春暖花香，飘落的花瓣雨，翩跹如蝶，香满怀，念依旧，情亦浓。这样的时节，最适合怀念一个明媚的人，追忆一段落花的过往。

　　每个人的生命里，总有一些无法触及的往事。也许是烟雨古巷里的一次回眸，是朦胧夜里的深情相拥，是离别站台的依依不舍，是茫茫雪地里的一回牵手。它刻在记忆的最深处，刀刀入心，笔笔入骨，在长长的岁月里枝繁叶茂。念与不念，它都在那里，长成满地葱茏；说与不说，它都在心里，生出绕指的痛。即使早已心痛难当，也要悄悄告诉自己，快乐地去面对，故作坚强，以此来掩饰内心的无奈与忧伤。

　　前几日，因为写了一篇《谢谢你，未曾远离》，引起了不少朋友的关注。如果某些文字能够引发读者的共鸣，那说明一定是触及一些人的心灵，或者经历过似曾相识的故事，或者是说出了他们想说而无法说出的话语，让积蓄在内心已久的情感得到了释放。

有一个妹妹说，老师，很喜欢你这篇文章，字字珠玑，如置身其中。她像是自言自语，很认真很伤感地给我讲述她一个感人的故事。

她说，心里有一条长长的伤，始终无法去丈量。

二十三年前，她上高中，他是她的实习老师，因为对文学有着同样的爱好，渐渐地发现自己疯狂地爱上了他。时光匆匆而过，转眼毕业了，他们开始书信往来。他以她为题写了不少诗，一颗少女懵懂的心，彻底被俘虏了，天天盼着他的来信。后来，隐约听说他有了女朋友，她极度伤心、彷徨，犹豫，痛苦之下，她选择不再和他联系。

时光飞逝，二十多年过去了，再也没有他的消息。此时的她已经非常优秀，当年和他断了往来以后，通过刻苦学习，终于考取了一所重点大学，毕业后顺利地找到了一份很满意的工作，然后结婚生子。由于工作的关系，她到一家公司去签合同，没想到进门一看，坐在总经理位置的那个人，居然是他！四目相对的那一刻，他们都愣住了……

原来，当年他是为了不耽误她的前程，才违心地制造了那个假象。

原来，这个世间有一种爱，叫放手！

有多少爱可以重来，有多少人还在等待？当爱情已经沧海桑田，是否还有勇气去爱？

　　这个故事她讲了两天，我听了两天，一直为之感动。她说，他们相遇在"插花中学"，插花，多浪漫的字眼，多浪漫的故事！她就是他心中的一朵永不凋谢的花，那些如花的过往啊，那些飘香的记忆啊，怎么能够忘记的了呢？

　　多少个月凉如水的夜晚，她就那么反复播放着那一首歌《有多少爱可以重来》。不知听了多少遍，而每次都听得泪流满面，每天她都把思念深藏，跟谁都不说，因为，那是她和他的爱情，一个也许今生也无法实现的梦……

　　纳兰说，人生若只如初见，何事秋风悲画扇。

　　这一句，道出了世事的沧桑，渗透了人间的悲凉。世间一切的美好，往往只留在初见的嫣然上，让人辗转反侧，念念难忘。

　　那些相守时的欢愉，那些离别后的思念，一直在时光的渡口搁浅。那一抹忧伤的背影，触碰了谁的心痛？惆怅复惆怅，留恋复留恋，一种相思，两地闲愁，才下眉头，又上心头。世间安得双全法，不负如来不负卿？

　　生命里，总有那么一个人，是你心底盛开的温婉，也是你一生不可触摸的痛。

你的深情我不是不懂，可你怎知我心里的苦？那些倾城的眷恋，一直在流年里翻跹，那些心事，一直在尘埃里开着花。我懂你，懂你默默眼神里的留恋，懂你无语也心疼的牵念。其实，我知道，你一直住在我的心里，从不曾远离，我也一直行走在你的生命里。

有爱就有痛。或许，有些人注定无法在一起，或许，有些话，只能适合放在心底，有些天意不能去违抗，有一些责任不能不去担当。既然给不起，也要不起，却又无法放弃，何不把它丢在风里？让往事随风爱如梦。

人生太匆匆，还是忘了过去忘了伤痛吧，春暖花开又一季，就把美好留在心中。这世间，总有一朵花，是属于你的，总有一缕暗香，会留在风里。相信，明天依然美丽，风，永远会记得那朵花的香。

曲终人散，爱已走远

"倾我一生一世念，来如飞花散似烟"，惆怅复惆怅，留恋复留恋，转身，离去，终于辜负了那迟暮的情意。终其一生，也走不出那一场梦里的迷离。

人这一生，谁不曾经历过一场刻骨铭心的爱情？曾经那么太过用力地去爱一个人，曾经那么执着忘我地去付出一段情。有忧伤也有甜蜜，有痛苦也有欢喜，有缠绵悱恻，也有爱恨纠结，有温馨感动，也有蚀骨的伤痛。无论你懂不懂，毕竟我们深深地爱过，我把最炙热的心放在那里，你不信我，我亦不怪你。

每一次深爱，都会受伤害。因为用情太深，很难走出来，所有的专注，都成了回首时的疼痛；所有的用力，都成了生命里的阴影。飞蛾扑火，为爱赴汤蹈火，不顾一切地去爱一个人，那么痴情，那么执着，那么傻，却又那么真。其实细细想过，如果一辈子没有经历过九死一生的爱情，就不能算是真正地活过。

　　当你真正地爱一个人，你会心甘情愿地为他付出一切。如果我不在乎你，我就不会为你哭、为你笑；如果我不在乎你，我就不会让自己变得如此敏感而脆弱。你的心事，我不是不懂，我只是不想说；你的纠结，我不是不知道，我只是假装看不见；你的无理取闹，我不是不明白，我只是不愿讲出来。一切的一切，我不说，你懂，我知，因为爱，所以在；因为在乎，所以宽容；因为懂得，所以慈悲。

　　因为我爱你，所以我懂你的沉默无语。你的过去我不想问及，但是只要你愿意，你的未来，我会一直陪你走下去。人这一生，或许会经历几次爱情，但总有那么一个人，让你笑得最开心，然后又让你哭得最伤心。但你依然情愿，无怨无悔，因为你明白，你欺骗了这个世界，欺骗不了自己的心。

　　那一场云水间的邂逅，走着走着，便迷失了影踪。一些旧念，仍葱茏在原地，生机盎然，一些情意，渐行渐远，一些容颜，不复再见。几声凄婉的鸟鸣，回旋在空中，几许缠绵的云朵，似乎是低落在黄昏里的烟火。那一抹思绪，还纠缠在心头盘根错节，那一丝薄凉的等候，几经辗转，终究没能走出那片迷茫的沼泽。那一缕柔情，终于输给了流年，输给了风。

　　或许，总有一些人，路过了你的生命，轻轻地来，悄悄地走，却在心头留下了一道殷红的血痕，刻骨的伤痛。始终无法参透，那个谜底一样的你，一半期许，一半失意，一半暖阳，一半冷雨，一半爱恋，一半嗔怨。一会风，一会雨，一半清醒一半醉，东边日出西边雨，道是无情却有情。几经走近，又几经远离，分分合合，一切都在明明灭灭中起起落落，却依然没能逃得过那情深缘浅的结果。

那一弯倾城的情意，枝无可依，只能栖息在一朵诗意的葱茏里，开成一枝梨花带雨的艳丽。那一抹温柔的忧伤，都是海棠花里寻往昔的欢喜，那些落花一样的往事，相遇，别离，纷纷如雨，斑斓了一行行落红的诗意。"倾我一生一世念，来如飞花散似烟"，惆怅复惆怅，留恋复留恋，转身，离去，终于辜负了那迟暮的情意。终其一生，也走不出那一场梦里的迷离。

或许，某些情意，一旦种植，就会在幽幽的光阴里生根发芽，开成一朵花的温润。或许一些感情太过沉重，唯恐柔弱的双肩无力支撑，只能在灵魂深处隔世重逢，在光阴的明明灭灭里，神秘对望，不忍心去触碰。原来，一些缘分，只是蜻蜓点水，而一些情意，却是静水深流，看似风烟俱净，实则波涛汹涌。

不要在一个已经不爱你的人面前去表白你的爱，不要为了爱一再地去受伤害。多情却被无情伤，有情总被无情负，你的真心，换来的是他的无心，你的屈尊，换来的是他的无视。爱可以卑微，但不能失去自尊，爱可以包容，但要有底线，没有真诚，永远不会有对等。当你的自尊受到践踏时，要学会优雅地回头，当爱情的航船再也无法启航时，让我们彼此再牵一次手，友好地道一声珍重！

再真诚的心，也经不起一味的冷漠，再炙热的情，放到冰里也会变冷。如果有一天，我真的离开你了，说明我的心已经凉透了。如若，你是我今生逃不掉的劫，请许我，用最虔诚的心去等待，期待下一次春暖花开。如若，等待的不再重来，或者，再来的已不是最初的那个你，那么，我会决然而去！

因为，曲终人散，爱已走远。

懂得，
比爱更重要

　　人生许多的痛苦和纠结，就在于放下与放不下之间。放下吧，还有一丝留恋，挽留吧，再也不能圆满；了断吧，藕断丝连，丢弃吧，尚有一丝微温，不丢吧，再也回不到从前。有些事不是不想放弃，而是已经无法放弃，有些人不是不想忘记，而是忘记已难。抽刀断水水更流，举杯消愁愁更愁，走亦难，留亦难，徘徊在爱与不爱的边缘。

　　衣服破了可以再缝补，镜子破了，即使再怎么修复，也不会完好如初。感情是日积月累起来的，人心一旦伤了，便无药可救，即使回头，再也找不到最初的那份心动。动什么也别动感情，一旦深陷其中，便会执着成殇，伤什么也别人心，一旦伤了，你伤及的不只是一颗爱你的心，更是你被谴责的良心。一别一辈子，一伤一生痛，你以为是在惩罚对方，恰恰是你惩罚了自己。

　　人人都有自尊，即使爱到卑微，也不能任你一再地去践踏。爱是真心换真情，懂得珍惜，才配拥有。一味的卑微，换不来你的尊重，一再的屈尊，等来的却是一再的无视和冷漠，因为在乎，所以慈悲，因为爱恋，所以忍耐。不要把别人的宽容当成软弱，不能把别人的卑微当成犯贱。没有谁有义务对你好，能迁就你是因为念着那段情，感情不是敷衍，宽容也有底线，爱需要用心去呵护，情需要用心去感悟。

当爱不能同步，你的真诚换来的，是对方的无动于衷，当你用心弹奏的音符，却引不来他的共鸣，或者，他明明是爱着，却一再地去伤害，且言不由衷。这说明，爱已走到了尽头。你需要做的，不是去挽留，而是拍拍身上的灰尘，莞尔一笑，掬一缕清风，为他送行。宁可高傲地转身，也不卑微地低头。

好的爱情，是两情相悦的欣赏与懂得。一个不懂你的人，即使再怎么爱你，最终只能让你明白一个道理，那就是，在爱情里，懂得，远比爱更重要。

不要把宝贵的时间花在不欣赏你的人身上，那样做不值得。人生苦短，能让自己过得开心才不辜负生命，远离那些不让你快乐的人或事。如果爱你的人心里有你，他自然会处处想着你，事事让着你，如果他心里没有你，任你呼天抢地也无济于事。如果他真的在乎你，绝不会因为你的优秀而去嫉妒你，他应该懂得你的付出，理解你的不易。

治疗爱最好的办法，就是以爱治爱。放弃一段情会心痛，除了时间以外，唯有爱才能将滴血的伤口慢慢抚平。只要你肯走出来，就会邂逅下一个路口，或许，转角处，又是一处柳暗花明。

不论你经历几次真爱，不论是受过多少伤害，到最后，你不是看破红尘，也不是移情别人，爱最终会让你明白，不是怎样去取悦别人，而是怎样愉悦自己。

珍惜那个在乎你的人，能够对你好，并不是对所有人都这么好。真正爱你的，不说爱也不会离开，走进一个人心里实属不易，再走出来，需要多大的勇气？因为在乎，所以计较，其实爱人的心非常脆弱，经不起一再的折磨。谁都希望被理解，谁都希望两情相悦，能够包容你的无理和挑剔，一切源于心的相容与默契。无论走了多远，始终如一陪伴在你身边的那个人，才是一往情深。

茫茫人海，寻的不过是一份美好的缘、一份刻骨的真、一份相知的暖、一份感人的善。感情，因欣赏而美丽，因真诚而温暖，因珍惜而久远，理解才会包容，懂得才会心疼。因为每一次泪水，都连着心，每一次欢笑，都含着情。

有一些誓言，像一把带着锋芒的利剑，因为未曾兑现，也明白永远无法去兑现，可无论走了多远，只要偶尔地那么一念，就会将你的心，割得鲜血淋漓！那是一生的痛，那是永远无法愈合的伤。

一个人，可以爱，但不能去深爱，可以重情，但不能执着，因为深爱容易伤害，执着容易负累。爱可以让你变成傻瓜，也可以使你成为智者，有时候，冷漠不代表无情，无语不代表不爱，适当地保持一定距离，不失为一种睿智。

　　我们有可能爱错了人，也有可能做错了事，但不管错过多少回，失败过多少次，我们终究在错误中找到了最适合自己的人和最适合自己的事。不要奢求一次成功，有时需要我们等一等，转过几道弯，摔过几次跤，所有的疑难，生活早晚会给你答案。

第六辑

在光阴里修行

念斯人

　　喜欢在阳光暖暖的午后，守一段静简时光，清茗盈杯，斜倚着窗，看光阴的脚步是怎样爬上屋檐，又慢慢地乘上一朵白云，悠悠飘落到我的身边。很多时候，在文字里放牧心灵，与我而言，简直就是最大的幸事。

　　人总是需要有一份闲心和痴心的。在这个纷扰的尘世，人们忙于追逐，疲于应付，忙得忽略了内心的感受，还有几人能做到清淡出尘、清新脱俗呢？

　　花开的声音，雨落的韵律，秋叶的静美，落雪的禅意，都是世间最美妙的旋律。闲闲地赏一帘月，听一缕风，走进大自然，与花草对望，与文字私语，与内心的另外一个自己诉说，让心安静，让灵魂放松。那是何等惬意！

　　手中握着你的玲珑小字，读来温婉柔美，字字珠玑，如鸣佩环，耳边似有泉水叮咚、珠落玉盘之声。凝眸间，有美一人，宛若清杨、清露一般，安静纯美。

你用清风作笔，桃红梨白是你婉丽的词牌，风花雪月是你清雅的韵脚，你将繁杂写成诗，将日常描成画，每一个凡尘俗日里，都能看见小桥流水、桃红柳绿的诗意。你痴山水，痴草木，痴笔墨，闻花香，枕清风，醉卧云，伴月眠。一颗初心，闲煮岁月。于时光惊雪里开出一支嫣红，在素色流年里摇落一片明媚倾城。

每一次读你，我都是带着极大的敬仰与疑惑。我一直在想，究竟是怎样的一个人，又是怎样的一颗心，才能写出如此清幽婉丽的芳词妙句？言念君子，其温如玉。我想，他一定有着一颗如玉般温润的诗心吧。

后来，慢慢了解到，你因为痴爱文字，痴爱写作，而放弃了好几份工作。因为痴爱山水，你经常独自一个人跑到山里，不吃饭，尝草根，与草木交心，与清风话诗。

都云作者痴，谁解其中味？

我似乎明白了，或许前世，你就是一株草木，生在山水间，吸日月之精华，得清风之眷恋，因此，才对山水情有独钟，结下了一份前世今生不了的因缘。也正是因为这份深深的痴、缱绻的情，才有了你笔下的清风、心间的明月、袖上的白云、眸里的花影。

此时，好想邀你一起去山上栽云，去水中植月，去看花落一溪云，去赏梅开清凉地。

　　忽有斯人可念，一念你便想给你写一封信。信里写上蓝天白云，岭上清风，荷塘莲韵，花鸟翠屏。只因某月某日的某一天，我曾路过你门前，闻得一缕花香，听得几声鸟鸣，采得一抹白月光。待到你拆开清风捎给你的信笺，里面种着花的思念、云的缠绵，花正好，月正圆，光阴静美，岁月含香。落款：念念不忘。

活成自己喜欢的模样

　　生活生活，生下来，活下去。生活虽艰苦，但我们不曾停下脚步，人生的渡口，我们都是匆匆的过客，所以，每一天，每一步，都必须认真而快乐地去走。昨天很长又很短，明天很近又很远，最重要的是把握眼前，切实可行地做好每一件事。

　　无论怎样，在起伏不定的人生旅途上，我不会彷徨，尽管有时也会有忧伤；我不会沉浮，尽管也曾有过迷茫。我会依着阳光，放眼未来，朝着既定的方向，一路飞翔，活成自己喜欢的模样。

　　一直想做个安静的人，与世无争，不言人非，亦不去讨好任何人。因为相信，只有做好自己，强大内功，才能赢得别人的尊重。倘若在修行的过程中，不慎遭到别人的忌妒，请不要生气，那说明你已经具备了别人所没有的。碌碌无为的人，是绝对不会被人羡慕的，因为你优秀，所以才嫉妒。

　　相信每一个出现在你生命里的人都是有原因的，有的人是为了来欣赏你，有的人来是为了心疼你，有的人来是为了利用你，有的人来是为了考验你，有的人来是为了修炼你，有的人来是为了教育你。但无论如何，你都要感激他们每一个人，因为他们最终成全了你、完善了你。

世事不可能都尽如人意，生活中也不全是纯粹的人或事。要学会面对复杂，保持简单，面对挫折，保持坦然，面对逆境，保持乐观，面对刁难，保持喜欢。用一份欢喜与执着，唤起生命的激情，化丑为美，化恶为善，化浊为净。

渐渐地懂得，人生本是一场修炼。所有的痛苦与磨难，都是命运的赐予，都是对你的考验，必须学会去承受。承受一切的痛苦，承受所有的不幸，该来的不该来的，都让它来吧，该发生的不该发生的，就让它发生吧！不要哀叹，不要埋怨，少一些欲望，放下一些执念，多付出，少计较，学会思索，学会看淡。有时候，总需要等一等，时间会给你答案。

喜欢待在一个人的世界里，安静做自己，不与人语。保持一份内心的纯净，与人交往，喜欢坦诚直率，但始终保持一定的距离，既不走近，也不远离。对于某些人某些事，既不表态，也不默许，只观不语。每个人有每个人做事的原则和道理，不想随波逐流，也不要格格不入，不反对也不参与，凡事取道中庸。既然无法改变周围环境，也只能改变自己，学会去适应。

终于明白，这世间没有一条平坦的路可走，每个人都会有自己难以言说的伤痛。相信每一次伤痛都会让你更成熟，每一次磨难都会让你更坚强。痛过了，你才知道活着的美好，伤过了，你才明白，什么才对你更重要。人生只有回不去的过去，没有过不去的现在，不能忘记过去，也不能沉溺于过去，所有的未来都充满了诗意。没有过不去的火焰山，人生需要历练，在经历中慢慢体味生命的真谛，然后携着快乐，安静地走过。

　　来是偶然，去是必然，能够在短暂的一生中，去做自己喜欢的事，善莫大焉。在风雨中前行，在痛苦中历练，在幸福中感悟，在磨难中蜕变。

　　人在尘世中穿行，所遇见的种种，都是为了认清世界，认清自己，然后更好的修行。感恩所有的遇见，皆为善缘，告诉自己，好好活着，上天对我不薄。做个眼中有景、心中有梦的人，秋来春去，寒来暑往，自会拥有一份美好与清凉。

在光阴中修行

流光容易把人抛，红了樱桃，绿了芭蕉。

只是一个低眉的瞬间，冬已深深，蓦然回首，旧年将去，新年又至。

此时，我走在深冬的路口，张开双臂，拥抱着了清冷的风，以及风吹来的四季。

光阴是这般的不动声色，而又寂寂无声地从我指尖滑落。浮光掠影里，让人措手不及，却又心生凉意。

有人说，"时间没有等我，是你忘了带我走，我左手是过目不忘的萤火，右手是十年一个漫长的打坐。"

万事万物都在时光中沉浮，又有谁能挣脱开时光的羁绊独步前行？任何人都不能凌驾于时光之上，在这条不归的人生旅途上，我们要做的只有挽着时光一路前行。

不再去感叹光阴如箭，不再去遗憾岁月走远，在时间面前，谁都无能为力，谁也无法抗拒季节的更替，连万能的耶稣也变得无助又无主。

如果真正走出了时间和空间，那么生命也就走到了终点，和生死相比，哪一桩不是闲事？没有了生命，又何谈人生的意义与价值？

记得少年时，老师曾不厌其烦地谆谆教导我们："一寸光阴一寸金，寸金难买寸光阴。""少壮不努力，老大徒伤悲。"那时候实在是无法理解其中的深意，只感觉光阴是那么的悠长，永远也过不完似的。谁知一转眼，已日到中天，光阴似箭，日月如梭，真真是盛年不再来，岁月不待人啊。

还有那么多的壮志未酬呢，转眼青春早已与我挥手告别了，回首多少美好的时光，就这样匆匆在指尖溜走了，我们被追赶着一路行色匆匆地与光阴奔跑，何曾停下脚步？

有人说生命是一场修行，也有人说，生命是一场跋涉。无论是哪一种，每一步我们都在用心去走。每一段路，都是一种领悟；每一个曾经，都将成为岁月里抽出的花枝，在光阴里妖娆；每一程山水，都是一处旖旎的风景，在深深的记忆里永恒。

光阴真是既无情又多情，既温暖又凛冽。它像一把刀，杀人于无形之中，你在不知不觉中便被掠夺了翠绿葱茏的青春年华，摧残了如花似玉的绝代风姿。回首之间，青丝染白发，落花逐流水，春去残红遁无声。

　　光阴又是那么多情。经历了世事的沉淀，它把最美的东西雕刻在你沧桑的脸上，那是岁月最厚重的馈赠，是人生最珍贵的宝藏。因此我们该感谢光阴，是它让我们学会了一路成长、一路收藏，一边历练、一边坚强。

　　光阴是由一个故事又一个故事串联起来的，我们总是从这个故事走向另一个故事。从懵懂走向睿智，从幼稚走向成熟，从清纯走向练达，从简单走向复杂。这是一个过程，而故事最终的结局又会回归到最初，那是历经繁华走向寂静，跋涉喧嚣抵达清宁。所有路过的赏过的风景，渐行渐远渐无声，只落得白茫茫一片大地真干净。

　　人在光阴中行走，也是一种修行，若能够始终保持一颗初心，是最难能可贵的。以欢喜心看世界，处处有美好，以慈悲心待万物，万物皆为佛，心动则物动，心静则物静。境由心生，你眼中所看到的一切，都是经过了心的打磨，或干净或纯粹，或污垢或龌龊。一个人若能以平和从容的心态看世间，究竟需要多少光阴的历练不得而知，但我相信，他的内心一定是足够丰盈而饱满，而且必然保持着对生活极大的热忱，还有一颗感恩善良的心。

　　不少人都说，光阴薄凉，我极为不赞同。人生苦短，我宁愿相信所遇到的一切都是美好的。至于那些丑恶抑或磨难，都是你今生绕不开的缘，而最终，是为了来成全，让你更好地活着，从而使你的人生逐步走向圆满。

人生如梦随风散，聚散喜忧皆是缘。

想来，人生百年，不过只是一盏茶的光阴。回首，多少青春已不再，多少情怀已更改，还好，经过了岁月的沉淀，一颗心早已历练的炉火纯青。安然于时光深处，终究学会了以淡泊从容的姿态，应对红尘中的一切纷争。懂得了聚散随缘，随遇而安，放下多余的执念，淡看花红花落，笑望云聚云散。坦然接受光阴赐予的沧桑，不管得到与失去，都是岁月的馈赠。

素来欣赏以自己喜欢的模样，行走在人间。喜欢在喧嚣中保持一份清醒，与纷扰中拥有一份淡定，无论世事如何苍凉，以平常心看待万事万物，方可不悲不喜、不惊不扰、不卑不亢。

所以，守得住点滴的美好，惜取眼前的欢喜，一粥一饭能够带来真实的温暖，一茶一书能使疲惫的心灵得以放松。天地万物，浩渺的光阴，你在，我在，时光不变，真情无悔。

就像此刻，窗外有风，光明在案，一切是那么淡然从容，妥帖温暖。这是我所喜欢的样子。三十功名尘与土，八千里路云和月，都成为往事随风飘落。我且坐拥于时光一隅，等待春天的到来，迎接生命的绽放。

正如旭日阳刚那激情的演唱：也许有一天，我老无所依，请把我留在那时光里；如果有一天，我悄然离去，请把我埋在这春天里。

一笑而过，
与生活握手言和

繁华三千，淡若云烟。面对人生种种境遇，学着一笑而过，和生活和谐相处，才是一种智慧，一种洒脱，一种优雅。

做一个微笑的人，无论何时何地，都要学会微笑。微笑是一种态度，微笑是一种真诚，微笑是一种境界。对自己微笑，是自信；对生活微笑，你会觉得生活的美好；对苦难微笑，没有什么大不了。微笑是首优美的诗，太阳的微笑，明媚了整个世界；花的微笑，彰显了无言的美丽；溪水的微笑，弹奏的是生命的一首歌。

烟雨红尘，几多风雨几多泥泞，谁的天空会永远云淡风轻？谁的天空不曾有风霜雪雨？回首走过的路，山一程，水一程，总是痛苦与快乐相伴，阳光与风雨同行。阴霾只是暂时的，风一阵雨一阵，阴霾总不能将明媚覆盖，最美的风景在未来。阳光总在风雨后，风雨过后现彩虹。

没有一帆风顺的人生，没有一成不变的风景。痛苦和磨难，或许是上天对我们的考验，看看你有没有能力来承担。只要你咬咬牙，生活就没有过不去的难关，只要你用心去书写，就会有一份圆满的答案。把痛苦当成一种历练，把磨难当成一种成全，把沧桑当成一种成熟，当挫折当成一种恩典。你会发现，正是因为这有滋有味的人生，才有了这百转千回的柳暗花明。

以一颗坦然的心，面对一切风风雨雨，以一种豁达的情怀，抵挡世间所有的浮浮沉沉。行至山穷处，坐看云涌起。无论生活赐予我什么，我都会一笑而过。经历了风雨的洗礼，才会体会到阳光丽日的旖旎，品过了痛苦的滋味，才知道快乐的甜美，走过了痛不欲生的心碎，才明白平平淡淡才是真，挨过了漫漫的黑夜，才明白黎明的美妙。

生活是一面镜子，你对他微笑，他才会对你微笑，你给生活一抹绿意，生活才会给你一份诗意。好的生活，一定要有一份好的心情，很多的时候，太阳还是那个太阳，月亮还是那个月亮，而是因为有了不同的心境，才会繁衍出不同的心情。其实，生活一直就停留在原地，一动不动，动的是我们一颗跌宕起伏的心，一直在躁动不安，难得安宁与清静。

面对挫折和磨难，一笑而过是一种积极向上的自信；面对忌妒和仇视，一笑而过是一种慈悲的豁达；面对名利与赞美，一笑而过是一种淡定从容的姿态；面对花开花谢，一笑而过是一种释然与超脱。学会去微笑着生活吧，不要埋怨生活给了我们太多的不公，走过繁华三千，你终究会明白，人生不会完美无缺，我们要学会一笑而过，与生活握手言和。

　　你放过了自己，生活才会放过你。你风生水起，生活就会波涛万里，你按兵不动，生活自然会风烟俱净。天还没下雨呢，你先把自己淋湿了，生活还没把你怎么样呢，你已经把生活搞成一团乱麻了。人生是一场修行，修行的是一颗心，修得一颗禅心在，处处都是莲花开；修得一颗平常心，快乐无处不在；修得一颗淡然心，幸福无时不来。

　　山一程，水一程，用微笑去面对人生。世事更替，繁华万千，尘缘如梦，万事随烟。春风得意，马不失蹄，惯看春花秋月，历经四季风霜雪雨，心中冷暖自知。是非成败转头空，人生几度夕阳红，多少外在虚晃的风光，最终抵不过心灵的平和宁静。学会微笑，让生活多一些感动，让生命多一些精彩，让人生多一些永恒。

　　内心平和，才能洒脱。平和的人，看得开，放得下，事来则应，事去则宁，宽容一切，心平气和。成败只在一念间，荣辱只在一瞬间，得失只是一转眼。有欲而不执着于欲，有求而不拘泥于求，面对三千繁华，莞尔一笑，何尝不是一种通透的人生？

幸福的人生，源自于一种平和的心境

现实生活中，经常有听到人们在抱怨，社会进步了，经济发达了，物质丰富了，可为什么总感觉不到满足。幸福究竟在哪里呢？

其实，幸福很简单，它就在你的心里，幸福是一种感觉，它和金钱物质并没有太大的关系。然而，很多人往往忽略了这一点，所以这个世界才变得一片混乱，本末倒置，得到了很多，却丢失了快乐。

这个世界很简单，复杂的是人心。人际关系也很简单，复杂的是与名利有关。纷扰的尘世也很简单，只是因为有了欲望的追加，才变得钩心斗角、尔虞我诈。人的感情本来也很单纯，只是因为有了付出与在乎、计较与贪欲，才有了爱恨情仇、喜怒哀怨、缘聚缘散。

一旦交往上掺杂了利益，一旦牵扯到自己的切身的利益，无论是金钱还是名誉，就会变得复杂起来。如果一个人，和你毫无瓜葛，就算他再怎么风雅，再怎么伟大，抑或是再怎么低俗再怎么平庸，都和你没有一毛钱的关系。在一个单位也是，事不关己高高挂起，多数人只喜欢做一个冷漠的旁观者。

　　人一简单就快乐，人一复杂就烦恼。然而更多的时候，烦恼的人生比比皆是，快乐的生活却寥寥无几。要活出简单却很难，要活出复杂却很简单，小时候，幸福是很简单的事，长大后，简单是很幸福的事。

　　学会去善待生活。善待是一种人生的态度，善待别人，是一种温暖在传递；善待自己，会使自己生活的更有意义；善待仇人，是一种慈悲；善待小人，是一种宽容。无论善待谁，都是爱在流转，情在延续，惠及的是他人，受益的是自己。正如老人们常讲的，善有善报，恶有恶报，行好不见好，早晚少不了。

　　人在得意的时候，最能显现出一个人的本性。也就是说，当一个人发达了，他是想着去帮助那些更需要资助的弱势群体，来回馈这个社会，还是飞扬跋扈地去挥霍，目中无人地去炫耀。前者是一种谦卑的平和，后者是一种无知的浅薄。即便是不能做到己顺而顺人，己达而达人，也要做到己悦而悦人，至少可以不张扬、不轻狂，平易待人，沉稳谦逊。你给他人一缕明媚，这个世界终究会报以你温暖。

　　难得糊涂，有时候人生的痛苦，就是你活得过于清楚。心是快乐的源泉，当你的心中注满了阳光，看一切都是温顺的、明媚的。当你心中装满了阴霾，满世界都是乌烟瘴气，凄风冷雨。不是生活有多糟糕，而是你的心已沾满了污垢，你把生活已经搞得一团糟。烟雨红尘里，有乌云也有明媚，有黑暗也有光明。聪明的人，看到更多是美好，而愚钝的人，看到最多的是黯淡。

聪明的人，看透红尘而不是看破红尘。不是拿着放大镜去看人生，既放大了自己，又狰狞了世界。不是一味地去抱怨，去求全责备，而是懂得去包容、去隐忍。天地无言而有大美，供养万事万物，包括鲜花与污垢，既养育君子，也不拒小人。山不厌其高，海不厌其深，朗朗乾坤，厚德载物。

佛说，人生在世如身处荆棘之中，心不动，人不妄动，不动则不伤；如心动则人妄动，伤其身痛其骨，于是体会到世间诸般痛苦。放下欲望，放下执念，做一个心境平和的人，不贪、不恋、不嗔、不怨。只有恬淡的心境，才能盛开智慧的莲花。

心中常存感恩，懂得包容他人，善待众生，把牺牲当享受，把付出当快乐。欲得净土，当净其心，随其心净，即佛土净。圣人求心不求佛，愚人求佛不求心；智者调心不调身，愚者调身不调心。当你拥有智慧，并用智慧思索这变化无常的人生，便渐渐远离了痛苦，也同时拥有了幸福。

幸福的人生，源自于一颗快乐的心，而快乐的心，又源自于拥有一种淡泊宁静的心境。智慧的人，他们关注更多的是自身的精神和灵魂。身在凡尘，心已超然，不是避开尘世的喧嚣，而是懂得在心中修篱种菊。知道自己想要的是什么，舍得放下俗世的诸多，而在自我的灵魂世界里独步前行，悠然自得。

静
谧

　　湛蓝的天空，犹如一面寂静的湖泊，没有云朵，没有一丝风，波平浪静。空气是难得一见的清新，光线分外地明亮，天蓝得像一幕一望无际的画布。此刻若有一支巨大的笔，该能描绘出多么五彩绚丽的画面来？不由微笑着，让人有着说不出的欢喜。

　　素来喜欢这样静谧的时光，不热烈不张扬，安静内敛，有着纯棉素衣的舒适安暖。日子简洁，有一点浅浅的惆怅和淡淡的清欢。一天一天不怕重复地走着，不喜不悲，不温不火，像一个低眉素净的女子，有着不动声色的美丽。尘世最大的安稳与妥帖，最美不过如此吧。

　　许是早已过了花枝招摇的季节，厌倦了浮华动荡。那时候的一切向往，不过是远在云端上的虚无幻想，现在回望，真的感觉是那么天真幼稚。不再了，不再心比天高，不再不切实际，经历了人生的百转千回，渐渐地懂得，生活不是空中楼阁、虚无缥缈的华丽，它需要一步一步、脚踏实地地走下去。能够看得见、摸得着的，才是你真正所拥有的。

有时候好想来一场无拘无束的旅行。带上简单的行囊，不需要任何人同行，只是一个人的天马行空。去陌生的地方，感受陌生的环境，欣赏不同的风景，享受时光的静谧与美好。一生太短，做自己想做的事，别活得那么累，或许去别人待腻了的地方走一走，真的会收获别样的心情。

仔细想来，人这一生，能够装在心里的故事太多太多。如果你统统将这些装入行囊，在人生的旅途上，你就会背负得越来越多，越来越沉重。学会删繁，学会减负，让那些沸沸扬扬都成为过往，你的人生才会越来越轻松。相信每一段经历，都是岁月枝头上抽出的一朵花，或寂寞或绚丽，或忧伤或欢喜，就许它安静地沉淀在光阴深处，临风沐雨，暗香盈盈，寂静欢喜。

每个人都有自己不同的经历，就如一朵花、一株草，短暂的生命，都必然被打上时光的烙印。不去问，走过了多少世事的沧桑，不去想，是否经历了几多的悲欢离合。每个人内心深处，都暗藏着一道鲜为人知的伤疤，这是属于自己私密的痛苦，不必与别人诉说，也无须让旁人懂得。待到时过境迁，一切都会成了流水的过往，我们只需要用一颗平常的心去面对。

不是说人生如戏，戏如人生，而是每一个鲜活的生命必将经过尘事的打磨与洗礼，才能最终修炼成最美的那个你。不求圆满，尽心尽力做好自己，哪怕付出了，没有得到回报，也不要去埋怨，至少争取了、奋斗了，人生没有留下遗憾。跋涉了岁月的风风雨雨，最终验证了自己存活于世的价值。

　　深知，在时光面前，人总将成为一缕尘烟，随风吹散。生老病死并不可怕，可怕的是，从此失去了一颗热忱的心，再也激不起一丝波澜。心若没有了温度，便感知不到美好与明媚，即使阳光万里，心中依然是阴云密布、雾霾重重。很多时候，不是世界背叛了你，而是你自己背离了这个世界。

　　希望在每一个朝花夕拾的日子里，心中都洒满阳光，做一个明媚的人，抬头看见蓝天，低头闻见花香。就如此刻，清茗盈盏，光明在案，绿萝恣意，心静如禅，窗前那株茉莉，氤氲着淡淡的清香。这静谧清幽的光阴啊，是那么的令人心醉！

　　若可，愿做一朵素色的女子，守一段如水的光阴，于碧影摇翠中抽出一支菡萏，绽放成一朵静莲。清丽淡雅，安之若素，哪怕生活赐予你的，一半是明媚，一半是忧伤，一半是欢喜，一半是疼痛。

　　心若不动，风又奈何？我若不伤，岁月无恙。

日常

清晨，被一缕晨光唤醒。

想起曾经在书里看到的一句话：人最大的幸福，就是每天清晨都能看到初升的太阳，因为每天不知道有多少人，已经再也看不到那一缕阳光了。睁眼闭眼之间，短短的一生说完就完。因此说，能够快乐地活着，本身就是一种奢侈的幸福了。

很享受这样的生活，做喜欢的事，过朴素平常的日子，随心所欲，一觉睡到自然醒。日子安静从容，简洁如水，没有轰轰烈烈、声色犬马，只有不急不躁、风平浪静。

喜欢这种带着烟火味的生活气息，文字里的风花雪月再诗情画意，也抵不过一粥一饭、一茶一坐，来得妥帖、安稳、实在。这日常朴素的日子，处处都有小欢小喜、小情小爱，那才是生活的原滋味。

极其喜欢家常一词。像一个居家的妇人，"家常爱着旧衣衫，空插红梳不作妆"。不华丽、不张扬，却有着尘世里最朴实的烟火味，读起来不惊艳，但却那么入心入目，纯朴温暖。

一身素衣，系上围裙，为家人煮一锅香喷喷的粥。尤其喜欢喝玉米粥，这是从小养成的习惯了，很难改，山珍海味再好吃，也会腻，还是粗茶淡饭最养人。一碗飘着浓浓香味的玉米粥，色泽金黄，再配上自己腌制的小咸菜，喝得津津有味，暖心又暖胃，舒服极了。

喜欢去菜市场，喜欢菜农手里那一把鲜绿，那些烟火日子里寻常的小欢喜，是我们每天都必须的。北方人最爱吃的是饺子，尤其是严冬天气，美美地吃上一顿热气腾腾的水饺，比什么都来得舒坦。

越来越喜欢安静了，安静多好啊。可以看看书，写写字，或者一边品茶，一边看那些明知道是无聊的电视剧，累了的时候，我还爱看娱乐频道，欣赏一些通俗的歌曲或者逗人一乐的小品。闲散的光阴，就这样挥霍了。

有时候常常会想，人这一辈子，能有几时是为自己而活着的？除了无忧无虑的少年，再就是拼搏的青春，一旦成家立业，一边是家庭，一边是事业，一边是老人，一边是孩子，一边是忙于奔波，一边是柴米油盐。即便是活得痛苦，也要在痛苦中艰难行走，即便是活得压抑，也要在压抑中不离不弃。宁可委屈了自己，也不能丢了面子，苦在心里，还要笑在脸上，国人的"传统美德"不能忘。

　　或许，这就是生活吧，百般滋味尝尽，走着走着，不知不觉就日暮苍山远了。有人说，人生是一场旅行，也有人说，人生是一场修行，我说，人生是一场旅行中的修行。人越老，心越淡，修行到最后圆满了，这趟有去无回的旅行，也到终点了。

　　其实老并不可怕，能够优雅地老去也是一种美丽。一个女人的魅力，是随着时光的流逝，岁月在她身上沉淀下来的那一种独特的气质与韵味。所以不必害怕衰老，其实人生每一个阶段，都非常美好，我们要保留的，是一份心灵的青春，要拥有的，是一种童年的纯真。风尘老却少年心，足以抵御岁月的侵蚀。

　　很多时候，烦恼是自己制造的，快乐也是自己给予的。少一些欲望，少一些计较，多一分宽容，多一分感恩，把复杂的生活简单化，把烦琐的日常诗意化。只有简单了，内心才能安静，静能生慧，一颗淡泊宁静的心，何惧尘世纷扰、乱云飞渡？

　　岁月会越来越深，年龄会越来越长，许多东西会慢慢淡出我们的记忆，只剩下一颗简静的心。人生如梦，亦真亦幻，半梦半醒，生命转瞬即逝，我们能留住什么呢？所以每一个平凡的日子，每一刻平淡的瞬间，都是那么值得珍惜。

　　此时，窗前的暖阳正好，撂下笔，就去为自己为家人包一顿水饺。这日常里清欢，是那么让人贪恋。

美容，从心开始

爱美是女人的天性。尤其是随着年龄的增长，岁月无情地掠夺着女人的容颜，不知不觉中，皱纹悄悄爬上了脸颊，曾经的青春水嫩，慢慢变得不再光艳。这是女人最不愿面对的，而且深恶痛绝。于是，各种美容护肤品、资深美容师应运而生。女人们乐此不疲地蜂拥而至，不惜花大价钱，为了能挽留住尚存的那点青春。

我身边就有不少这样的人，每个月定期去美容院做护肤保养，可是，长此以往，我还真没看出有什么明显的效果来。我也曾经去过美容店，所谓的美容师告诉我说，保用皮肤不是一日之功，要坚持不懈地做下去效果才明显。她说，就像吃饭喝水一个道理，等消耗完了还要及时补充。

天！一张美容卡动辄几千元，最便宜的也要千八百，要不停地做下去，得需要多少钱？恐怕不是我们一般家庭可以承受的吧。而且，据说，你一旦停止不做了，你的容颜就会回到从前，甚至还不如从前。因为在做美容的过程中，对你的皮肤多多少少是有所伤害的，有的弄不好还差点毁容。而且做一次美容的时间就要花掉两三个小时，算一算，这笔账实在是划不来的。因此，我从来就不相信这一套，更不会去花那冤枉钱，何况还要耽误我宝贵的时间啊。

一个女人的容貌，四十岁以前是父母给的，四十岁以后是自己给的。

仔细想想这话很有道理。一个人的容貌美与不美，其实是看一个人的精神修为。也就是说，人的心理和精神状态深深影响到你的皮肤、神态等生理特征。所以，看一个人的容貌，就能看出一个人的精神状态，所谓相由心生，就是这个道理。

当一个人的心情愉悦、宁静平和时，她的容貌一定是容光焕发、神采奕奕、气定神闲的；当一个人的精神紧张、情绪低落、焦虑烦躁时，那么显现在她的面容上的，一定是暗淡无光、皮肤松弛，甚至长斑，看起来很苍老的样子。如果长期的郁闷，还可以导致神经衰弱、多梦失眠等症状，久而久之，让人面容憔悴，未老先衰。所以说，情绪的变化，和精神状态的好坏，决定着一个人的后天容颜。

作为一个女人来说，她的容貌美不美，很大程度上，取决于她的生活环境，以及她内心的感受。很难想象，一个内心缺乏爱的女人，一个内心充满了邪恶与狭隘的女人，一个心里装满了忌妒仇恨的女人，还能拥有一张平静而放松、温和善良与光彩夺目的脸吗？

有些人，年轻时并不是花容月貌，但随着年龄的增长，反而越来越漂亮了。其实，这是岁月的馈赠，一定的阅历、一定的修为，会潜移默化地影响到她的容貌，让你在不知不觉中，变得越来越光彩照人、韵味十足、魅力无穷。

经常有人说我，你比实际年龄看起来要年轻，气色俱佳，有同学也说，你比学生时代还耐看。一次去医院拿药，护士小姐对我说，你的皮肤真好。还有一次去参加一个婚宴，饭桌上一位陌生的女子问我：你用什么牌子的化妆品？一定很贵吧。我笑了，说，我什么都没用，因为夏季出汗多，就是冬天也仅仅用点保湿的，也从来不去做美容护肤。她一脸的愕然：怎么可能？你的皮肤那么白、那么干净。

是的，我从来不相信，化妆品能把一个丑陋的女人，变成一个如花似玉的美女，能把你的皱纹彻底消除。化妆的作用只是暂时的，可以粉饰一下太平，让你变得暂时明艳一些，但那都是治标不治本的。

清水出芙蓉，天然去雕饰。真正的美，是由内而外散发出来的，一种自然而然的神韵，不需要任何的修饰与包装。经常保持一颗美好而善良的心，养成良好的生活习惯，做一个宽容大度的人，多多加强内心的修为，多读书，吸取知识的营养，书中自有颜如玉。三毛说：读的书多了，你的容颜自然会改变。

俗话说，药补不如食补，食补不如心补。

爱美的女人，如果你想自己变得更加美丽，就请从心开始吧。

三流的美容是皮肤的美容，二流的美容是精神的美容，一流的美容则是心灵的美容。那才是真正的美容。永远记住一句话，女人不是因为美丽才可爱，而是因为可爱才美丽。任何时候，心灵的美才是真正的美，能抵得过人间仪态万千。

也许你没有一个美丽的面容，但你只要有一颗纯美的心，经常保持一个良好的心态，你一定会拥有平静安详、慈眉善目、干净而美好的容颜。

回忆是岁月里的一脉馨香

　　岁月流转，四时变幻，当季节的风卷起历史的尘埃，当时光渐行渐远，我们是否还能坐在岁月的岸边，细数流年？那万紫千红的春，那热烈荼蘼的夏，那丰盈静美的秋，那雪舞晶莹的冬。用心去聆听，那风、那月、那花、那叶，都婉约着缕缕柔情，静静地绽放在岁月的枝头。醉了眼眸，暖了心扉……

　　消逝是必然的，任何事物和人都逃不过这一纸宿命的结果。幸亏有记忆这条河，它可以承载那些失去的岁月，当我们在某个不经意的瞬间，突然想起从前，你就可以顺着这条河慢慢去找寻。失去了童年，我们还有童心；失去了青春，我们还有梦想；失去了爱情，我们还有美好；失去了时光，我们还有回忆和力量。

　　然而，在这个人心躁动的纷扰的尘世，天下熙熙，皆为利来，天下攘攘，皆为利往。只顾低头前行，谁还会回头张望？还有几人能够静下心来，去回忆从前，追忆过往？如果没有了回忆，我们就不知道去珍惜；如果没有了回忆，我们的过去就是一片荒芜的天地。我们终日里苦苦地奔波，到底是为了什么？不知道从哪里来，又怎么知道往哪里去？

回忆不是空白，它是一切事物存在的唯一形式。那些逝去的岁月，无论是痛苦还是欢乐，无论在当时曾一度让我们沉迷，怎样的痛不欲生，或是激动不已，如今隔着遥远的距离，再回首，依然会美丽无比。尽管甜蜜中夹杂着忧伤，痛苦中也包裹着幸福，惆怅复惆怅，苍凉复苍凉，不思量，自难忘。

人生中，一切美好的，都是短暂而易失的。岁月可以带走一切，唯独带不走回忆。有人说，这世界有两种人，一种是有灵魂的人，一种是没有灵魂的人。我想，有灵魂的人，一定是懂得收藏记忆的那种人，他们知道如何与过去相处，明白该怎样用回忆取暖。通过与过往交流，让灵魂更有了深度和高度，在这样一个灵魂里，一切的过往都是鲜活的，那些逝去的人和事，都历历在目。透过这些过往看世界，世界更美好，人生更精彩。

总有一天我会老去，岁月会在我脸上刻满沧桑的印记，一支青莲的温婉，只剩下残荷听雨的韵致。不过没关系，因为一直有你。文字是我唯一的知己，也只有你会永远不离不弃，始终如一。寂寂流年，你会永远保留我花开不败的容颜，水墨光阴，你会浅吟低唱，我寂寞清幽的馨香。你依然会记得，那个低头弄莲子的女子，最是那一低首的温柔，似一朵水莲花，不胜凉风的娇羞。

回忆如一朵花，会在岁月的一个角落，静默地盛开。那些以往的美丽与忧伤，那些逝去的青春与梦想，会以另一种形式保存在我们的记忆里。在深深的岁月里，尘封着弥久生香的甘醇，花香满径的路上，一半馨香，一半薄凉，半城明媚，半城沧桑。我愿顺着这条河逆流而上，找寻我心灵的原乡，慰我一世的孤寂、半世的苍凉。

有些事情，当我们年轻时无法读懂，当我们读懂时，已不再年轻。岁月给予我们以沧桑，但同时也赠予我们阅历与成长。那些阳光、那些花香，时光会帮我们收藏，那些疼痛、那些忧伤，时间是一双温柔的手，会为我们慢慢疗伤。总有一天一切都会成为回忆，昨天是以前的回忆，今天也会成为明天的回忆，莫不如好好珍惜。珍惜眼前，珍惜现在，珍惜拥有的一切，珍惜当下的每一天。昨天不能重来，今天不可复制，明天还是未知，别让回忆成蹉跎，别给生命留遗憾。

席慕容说："原来岁月并不是真的逝去，它只是从我们的眼前消失，却转过来躲在我们的心里，然后再慢慢地来改变我们的容貌。"那些散落的芬芳，只能在无人知晓的角落里，缓缓流淌着最初的模样。

柔软的时光，见证着我们曾经的过往，沧桑的岁月，沉淀着生命中的悲欢离合。挽一束明媚，握一份懂得，踏着从容的步履，走过喧嚣的红尘，时光深处是静美。四季，因走过而丰盈；生命，因经历而厚重；人生，因回忆而甜美。尝尽百味，苦过，才知甜蜜，痛过，才会珍惜。拾一枚落花，感知生命的涵义，蹉跎人生路，且行且珍惜。

花无百日红，人无再少年。回首，多少季节的花开，已零落在天涯的尽头，多少情缘，来去匆匆，多少五彩斑斓的梦，也散落在风中。多少思念，穿越了万水千山；多少眷恋，缱绻了红尘的恩怨；多少回忆，温暖了流年。日子过了一天又一天，思绪飞了一年又一年，总是免不了在回望时感叹，总是忍不住于回忆中取暖。

如若生命可以重来，我愿回到最初的原点，沿着那些曾经深深浅浅的足迹，不再会错过那些盛开的美丽，不再去蹉跎那些翠绿的年华。流年，只能成为回忆；岁月，总是默默无语；经历，注定成为过去。只可惜，人生没有假设，每一天都是现场直播，就像你无法从预言中得知一个确切的结果。我们以为可做的，就是好好把握每一个当下，用心过好每一天，不给未来留遗憾，让我们的人生更圆满。

第七辑

走遍万水千山，
总有一地故乡

我的梦，遗落在你的城

　　有人说，爱上一座城是因为城中住着一个人，抑或是恋上这里美丽的风景，而邂逅平遥这座千年古城，最令人魂牵梦萦的，却是那几千年传承下来的深厚的文化底蕴，以及随处可见的悠悠古韵。

　　对于一座城，当你用心走近它，便可以轻而易举地触摸到它的灵魂。走在古韵悠长的青石板小巷上，对于一个初来的过客，脚下踏出的每一步，都是古风原景，目光游离的每一处，皆是风情万种。在这个炎炎的盛夏，忘记了骄阳似火，顾不得细雨沾衣，一次次流连在古城的老街小巷上。穿过车马喧嚣的现代化街道，走进古老而坚实的城门，便步入了平遥的城中城。

　　当我的脚轻轻叩响寂寂的青石板路，当我的眸光如蝶般翩跹在那些古色古香的建筑群间，我惊诧于它厚重的文化底蕴和独有的幽深古韵，惊诧于它扑面而来的浓郁的古朴遗风。仿佛一瞬间踏进了几百年前的明朝，如在梦中，恍若隔世。你怎么都想象不到，就在喧闹的红尘之中，竟然还有这么一座古风雅韵的城中城，让我们如此惊喜和悸动。

明清一条街上，这里集中完整地保存着明清时期的各种店铺遗址，是古城最繁荣最重要的商业街之一，它鲜活地折射出古城文化的华彩。威严肃穆的县衙赫然而立，日升昌票号、百川通号、中国镖局博物馆、平遥会馆、听雨轩、市楼、古城墙，各种店铺和民俗客栈等古建筑琳琅满目，楼台亭阁层峦叠嶂，抬头可见的飞檐雕窗错落有致。古巷上来来往往漫不经心的行人，以及风中翻动着的黄色幌子，高悬的大红灯笼，让你不经意间，有一种穿越时空的错觉，借我一日，还你千年。走在古人走过的小巷上，想象着它一直以来的繁华鼎盛，千百年来，不知经历了多少风风雨雨的侵蚀，这座写满故事的老城，700 年的旧事，阅尽沧桑依然这般不动声色的气定神闲，仿佛时光从来就不曾改变。

黎明，古城在晨光中苏醒。缓缓漫步在古城的小巷上，店铺还没有开张，于是一个人踩着青石板路，走向阡陌小巷深处。古宅、小巷、青砖、黛瓦，远处是晴空，俨然一幅水墨丹青。我在一扇扇斑驳陆离的重门前久久流连，我在一家摆放着一个年代久远的石槽和一盘石磨的门前看了又看。风中飘着酒家的幌子，有早起的老人在专注地练太极，"吱呀"一声，厚重的木门里走出了一个人，与她对门一位坐在石凳上的老人轻言细语着。他们用我听不懂的方言唠着家常，老人的脚下窝着一只狗，幽深的庭院里伸出一丛蓬勃的藤蔓，绿叶婆娑，诗意盎然。这悠闲的时光，安静从容，与世无争，仿佛所有的岁月静好，都在这里得到了验证。

我对着那些雕花的飞檐拍了好久，爱不释手，蓝天之下竟然有一群群鸟儿在飞舞盘旋，从来没见过这么多的鸟儿成群结队地在空中欢快地飞来飞去，是不是它们也和我一样，留恋古城的大美？一扇扇厚重的木门，一个个深深的老宅，一面面精雕的花窗，每一步都是一份惊喜，每一眼都是一种神奇。一座古城所蕴含的一种文化，像空气一样充盈着你的每一个视觉和感官。它承载着一座城的历史脉络，博大精深的文化积淀是古城的灵魂所在，传承着古老文化的悠远韵味。

住在百年的民俗客栈里，千百年的风雨沧桑和历史积淀，都在这深深的庭院里。这是一所典型的木构四合院，进门亭台下摆放着一口大缸，缸里泊着几叶浮萍，还有两朵安静的睡莲，莲下有几尾红鱼欢快地游来游去。我坐在北方的炕头上，对着那雕花的幔杆和紫色的帷幔静静地发了好一会儿呆，我久久地凝视着厢房木门的精美雕刻。静夜，隔着几百年的花窗观望，屋角飞檐上的砖雕像暗夜里盛开的蓝莲花，静雅温婉，诗情画意。千百年遗留下来的风雅古韵，都在这美轮美奂的砖雕木刻里了。那是时光蕴含的典雅与智慧，更是古文明孕育的华丽与婉约。

走在街上，各种古香古色的店铺随处皆是。有技艺精深的艺人在专注地做着雕刻，有巧手的女子在纺着织机编着围巾，有飘着香气的地方特色小吃，有各种古玩文物，有著名的平遥漆器，还有慧心的少女吹着悠扬的陶笛……

我在挑选一双绣花鞋子的时候，恰好街上出现了一列身着古装的"衙役"在巡视，赶紧拍下来，就好像身处某个电视剧中的场景一模一样。据说，来这里拍电视剧或电影，根本不用多加修饰，都是真实的原景原物，直接可以上镜，因为平遥这座古城本来就是原汁原味的啊！美到极致的东西，都是最自然最纯粹的。

平遥，不愧为中国保存最完整的古城之一，它是一种精神和文化的传承。古城美得含蓄，美得宁静，美得荡气回肠，美得古韵悠悠，美得回味悠长。

无论小巷老宅、店铺客舍、庙宇票号、大堂之上，怎样的缘起缘灭、人来人往，这座古城始终是淡定而平和的。它默默地迎来送往，多少诗朋文友、凡夫俗子、达官贵人，一切皆为匆匆过客，流水过往。时光飞逝，岁月改变了一切，只有古城营造的那份宁静坦然，还有它那博大的胸襟所蕴含的大美，永恒不变。

七月，去平遥采风。

平遥这座 2700 年古城，以它悠久的历史和深厚的文化底蕴所著称。它是中国汉民族城市在明清时期的杰出范例，是由完整的城墙、街道、店铺、寺庙、民居等组成的一组庞大的古建筑群，是按照汉民族传统规划思想和建筑风格修建起来的城市。木制结构的镇国寺、彩塑艺术精湛的双林寺与斑驳沧桑的古城墙并称为平遥三宝。《大红灯笼高高挂》《乔家大院》等许多影视剧都是在平遥拍摄的。

平遥就是一部鲜活的古书，见证着几千年的风云变幻，记载着曾经的沧桑和荣辱盛衰。当我怀着无比崇尚的心去走近它，当我的脚轻轻叩响寂寂的青石板路，当我的目光闪烁在那些错落有致的古老建筑群上，就如同走进了一幅清雅的水墨画一般。掀开它凝重的扉页，我仿佛穿越到了古代，有一种恍若隔世的感觉。古韵悠长的老街，令人遐想的深宅，斑驳沧桑的木门，古老的城墙、县衙、票号、庙宇等等，无不触及着一颗悸动的心。就这样，我被那淡淡的墨色牵引着，迷失在千年的古韵里。

走进平遥，就是和历史会晤，与古人低语。古朴的青砖灰瓦，雄伟的建筑，琳琅的店铺票号，满目的飞檐峭壁，以及高悬的大红灯笼，随处可见的各色街联、景联，和风中翻动的古老的黄绸幌子，精美绝伦的砖雕木刻，异彩纷呈，给这座古城更增添了一份神韵和内涵。闲散的人们，还有慕名而来的大量中外游客，在不急不缓地享受着安静而恬淡的时光，细细品味着古老文化的芳香。眼前的一切，宛若一幅徐徐铺展开来的清明上河图，古色古香的建筑群、原生态的人文景观尽收眼底，令人目不暇接、浮想联翩。让人惊叹，好像千百年来，它从来就是这样一派繁荣昌盛、熙熙攘攘的兴盛景象。

这里的每一座建筑物、每一条街道、每一扇雕花窗，甚至每一块青石板、每一块砖、每一片瓦、每一道雕纹，都流淌着幽远的古韵。这座千年的古城，不知承载着多少前尘旧事，无处不渗透着沉稳、古朴和睿智，像一位饱经风霜、写满故事却又静默不语的智者。这里既有现代气息的喧闹，又有浓重的悠悠古韵，历史文化与现代文明衔接得如此天衣无缝，仿佛身在红尘中，一抬脚就踏进了时光的隧道里，穿越到了明朝，瞬间就能嗅到几百年前古人的气息。时而梦里，时而梦外，朦朦胧胧、虚虚实实，沉醉不知归路。

明清一条街上，各类民间的手工艺小摊，红色窗棂剪纸、各种首饰，还有小孩戴的手工各类小帽、绣花的鞋子、背包等，琳琅满目，让人爱不释手。雕梁画栋的古老民宅，还有那威严肃穆的县衙，中国金融的开山鼻祖，被誉为"天下第一号""汇通天下"的"日升昌"票号，这些无一不印证着这座古城由来已久的繁华鼎盛。这一切，让我产生一种错觉，我会以为自己置身于某个电影、电视剧情景中，或者，我就是那个千年前站在雕花窗前的女子，静静地看着街上穿行的人流，客来商往，车水马龙，我在寻找我的前世今生。

平遥古城墙建于明洪武三年，是中国现存规模较大、历史较早、保存较完整的古城墙之一，亦是世界遗产平遥古城的核心组成部分。此外，还有镇国寺、双林寺和平遥文庙等也都被纳入世界遗产的保护范围。斑驳的城墙，似乎在无声地诉说着时代的变迁和岁月的沧桑。

站在这早已荒芜的古城墙烽火台上，抚摸着旧日的炮台，思绪纷飞。这里不知经历了多少次的兵临城下，多少回的生死鏖战，不知道多少朝代在这里兴起又衰败，多少将士横刀立马，多少壮士一去不回。我仿佛看到了那暗淡了的刀光剑影，听见了那远去了的鼓角争鸣，天下兴亡多少事，谁主沉浮？

平遥的夜晚，亦是美得浪漫。老街上人来人往，店铺灯火辉煌，住在古色古香的民俗客栈里，睡在北方温馨的炕头上，端详着惟妙惟肖的木雕花窗，或许几百年前，这里就是我的闺房。隔着古老的窗棂往外看，但见一串串大红灯笼高高挂，墨色的天空繁星点点。随处可见的飞檐上华美的砖雕，温婉地盛开着，在夜色中若隐若现，寂寂地伏在那里上千年。周时的月、明时的风、清时的雨，都曾抚摸过她美丽的身躯。远处传来缥缈的琴声，给夜色更增添了一丝神秘和朦胧。这样的美景，若是有一知己相对，或共一盏茶，或红袖添香，或闲敲棋子落灯花，该是怎样浪漫的时光！

爱上一座城，就如爱上一个人，一旦嵌入灵魂的东西，便会永远铭记于心。平遥，这座古城，以它的质朴与空灵，吸引着无数人前仆后继地来此膜拜和仰视。这里，留住了多少流连的目光？刻下了多少驻足的脚印？无从可想。

像奔赴一场盛大的约会，原来，不只是杏花美酒可以醉人，更让人流连忘返、沉醉不醒的还有这千年的悠悠古韵。大美平遥，自此一别，我的心会遗落在你的城，在婉约的青砖灰瓦间流连，迷失在那大红灯笼挂起的雕花窗前，恐怕再也走不出那一帘幽梦……

秀美天下白云源

浅夏，千里迢迢从北国来到婉约的江南，就为了去桐庐看一看被誉为富春江上的"香格里拉"和"江南九寨沟"的白云源。

她坐落在富春江畔，是一个峭壁林立、叠水群瀑、碧溪绿潭、层峦耸翠、山清水秀的好地方。

白云源，一听这三个字，就能让你神思飞扬，浮想联翩。

"郁郁层峦隔岸青，青山绿水去无声。"

沿着狭窄的环山公路一路前行，沿岸都是绵延的青山，重峦叠嶂，郁郁葱葱。碧波荡漾的富春江水，像一条玉带环绕在群山之下，阳光洒在江面上，熠熠生辉，波光潋滟。远远地望见，山顶上，一直飘着一大朵美丽的白云，头顶上是湛蓝湛蓝的天空，清澈得不染一丝尘埃，像是一泓碧水里盛开的一朵洁白的莲花，带着禅意的宁静，蓝天下是如黛的山川。我的思绪跟着那朵云，悠悠地飞上了蓝天。

　　攀上山，我惊讶于那醉人的绿了。这层层叠叠的翠，铺天盖地的绿啊！

　　穿过一道绿云翠竹，走在蜿蜒的山路上，翠绿环抱的山谷里布满了各种植物，葳蕤成诗，满眼都是绿，婉转的鸟鸣使山涧显得愈加幽静。这里生长着各种南国的树木，无论是涧边、深潭，还是峭壁、幽谷，到处都是它们的身影。每一棵树，都枝繁叶茂，粗大的根部盘根错节，努力地在岩石间攀附着，所有的枝丫都伸向蓝天，茁壮挺拔，华盖如冠。叶牵着叶，枝连着枝，树连着树，片连成片，望不到尽头，撑起一个静幽清凉的空灵世界。幽林深处，阳光透过浓密的枝丫，落下斑驳的疏影。芳草、绿树、溪流，踏一路清风，听几声鸟鸣，拢一袖白云，伴我一路好心情。

　　山美水更美，最美的莫过于那一汪绿如翡翠的溪水了。来到鸳鸯潭，没见鸳鸯，却只见静静的一潭清水，晶莹如玉，明洁似镜。这一片碧绿凝翠的水啊，那么柔，那么软，清凌凌，亮晶晶，像女子迎风飘舞的裙裾，衣袂翩翩，又像一块巨大的绸缎，平铺着舒展着的绿，粼粼纹理，光滑细腻。又仿佛是借得苍天三分蓝，偷得青山四分翠，玉碗盛来琥珀光，忍不住掬一捧在手，似琼浆玉液，醉了心房！

　　山谷里，到处是潺潺的溪水，随处可见卧着的大大小小的岩石，清凉的水从山涧而来，带着生动的灵气，一路欢歌，和着诗意的旋律，流向绿潭。潭面静静的，像一块块温润的碧玉，散落在山谷中。水态因石而异，有的激流勇进，有的缓缓而歌，有的从天而降，有的在乱石中穿行。清浅处清冽如甘醇，水深处绿色渐浓。那些石头不知道经历了多少年代的冲刷，早已磨去了尖利的棱角，变得圆滑润泽，柔能克刚在这里得到了最完美地诠释。清泉石上流，清澈的泉水，在岩石间缓缓地流淌了千年又千年。

这里是真正的泉水，可以直接饮用的，水很清，清澈得一眼可以看到潭底的石头，还有水中游动的鱼儿。水中倒映着蓝的天、白的云、绿的山，成了一幅美丽的剪影。阳光落在水里，留下一道道网状的影子，倘若你不用心看，倘若不是溪水在流动，你还以为只有岩石，没有水。这是浅浅的溪水，如果泉水再深一点，就是淡绿的，更深的，就是墨绿的，即使再深，你站在那里，也能一眼望到底。这里的水，最大的特点就是十分清澈，比起西湖的水还要略胜一筹呢，她就像未经尘世染指的处子，纯洁得让人爱怜不已。

四周是群山环抱，脚下是清澈的溪水，坐在巨大的岩石上，人就在井底了，耳边朦朦胧胧传来清脆的水流声。抬眼望去，在青山岩石之上，一帘瀑布从天而降，飞流直下，如雷如鼓，气贯长虹。像一条银链，在阳光下晶莹闪亮，熠熠生辉。水流撞击着岩石，溅起一朵朵白色的浪花，飞珠散玉般的云雾升腾着，似天雨流芳。水注入深潭，荡起层层涟漪，旖旎壮观。此情此景，如临仙境，我只有惊叹了，再美妙的词汇也难以形容，对着眼前的美景，痴痴地看着。那份神韵、那份意境、那份诗意，是任何语言都无法表达的。

　　"云来山更佳，云去山如画。山因去晦明，云共山高下。"

　　山路十八弯，九曲回肠，当我们拾阶而上的时候，山中突然袭起了云雾，环顾四周，白茫茫一片，云雾缭绕，仿佛是曼妙的女子掀起洁白的衣衫舞姿翩然。那些云雾渐渐汇聚成一片云的海洋，你追着我，我赶着你，不停地变幻着神态各异的形状，风云滚滚，波涛万里，风起云涌，雾锁奇峰，时隐时现。洁白的云朵在身边飘啊飘，我伸手就可以触摸到蓝天，随手就可以扯一片白云，置身其中，如腾云驾雾一般，缥缈中就像贾宝玉梦游太虚幻境，神秘莫测。恍恍惚惚犹如来到了红尘之外的一方仙境，我忘记了时间，忘记了空间，不知身在何处，不知今夕何夕，恍若隔世，如梦似幻。

　　走到对面的岩石上静下来，闭上眼睛做个深呼吸，告诉自己这不是梦。原来梦与现实只是一步之遥的距离。那么，请许我揽一份诗意，行至水穷处，坐看云起时。

　　或许最美的东西，都是最自然的，无须任何雕饰。天地有大美，美得浑然天成，美得和谐统一，美得无与伦比。

　　山青青，水碧碧，高山流水云依依。秀美天下的白云源，山青水碧，云白天蓝，旖旎成画，相宜静好，是何等美丽壮观、动人心弦的一幅天然画卷！

老去的村庄

顺着一朵牵牛花，或者一条长长的瓜蔓爬行的方向，很容易触摸到我儿时的故乡。

几间低矮的坯房，缕缕袅袅的炊烟，一湾清灵灵的池塘，一片绿油油的庄稼。夕阳西下，晚霞映红了天边，几声倦鸟归巢的叫声，划过宁静的天空。村南那条弯弯曲曲的土路上，闲散地走着荷锄而归的老农，还有他身后慢悠悠的一头牛。

这就是我家乡的原风景，它像一幅温馨恬淡的水墨画，无论时光如何辗转，它永远是我梦里挥不去的眷恋。

我的家乡坐落在鲁西北平原。这里没有巍峨的群山，也没有绵延的峻岭，有的只是一片广阔无垠的平原。一年四季，风景各异。春来桃红柳绿，夏来绿茵如海，秋来五谷丰登，冬来白雪皑皑。我爱着家乡的一切，这里的一草一木、一水一土，都承载着我童年那么多美好的记忆，雕刻着无数的幸福与甜蜜。

　　记忆最深的是村南头的那口老井，和那一湾清澈的池塘。池塘的四周种满了树，柳树、榆树、杨树，还有几棵老枣树。池塘的东南边上种植着一片茂密的芦苇，水鸟，蓝天，白云，微风一吹，沙沙作响，浩浩荡荡。这一片池塘和树林，成了我们少年的快乐园。

　　记忆中的夏天，总是那么长，永远也过不完似的。我们在池塘里快活地玩耍，捉小鱼、小虾，还捉泥鳅。水多的时候鱼虾不容易捉到，要等到天旱得不行了，水很浅了，远远地能看到鱼在那里游动。我们便挽起裤脚下去，有幸可以逮住几尾小鱼。泥鳅隐藏在淤泥里，水干了的时候，只剩下一片湿地，便可以循着泥鳅钻洞留下的痕迹，挖下去，就能逮到它。这东西太滑了，稍不留神，它就会从手里溜出去。

　　半个月亮爬上来的时候，我们开始在这片幽静的树林里寻找蝉狗。夜晚的乡村，格外宁静，格外迷人。月亮掉在水里，波光粼粼。蛙声此起彼伏，夏虫在歌唱，到处是大自然美妙而动听的乐章。蝉狗这时候已经爬上了树，沿着树干或树枝树梢上，可以找到。幸运的话，一晚上捉到几十个，兴高采烈地捧回家。母亲把它们洗净后，撒上盐，腌制一晚上，明天再用油煎熟了，可年少的心总是疏于等待的，赶紧用脏兮兮的小手捏起来，顾不得烫，放进嘴里，又脆又香，真是美死啦！

　　那片树林里还有几棵枣树和梨树。那是别人家的，那家有个老太太，长得又矮又胖又黑，平时总是一副冷面孔，从来没见她笑过。因为她家成分高，我们就暗地里给她取了个外号，"地主婆"。其实，没少去偷她家的枣和梨。几个孩子爬到树上，专挑那些熟的通红的枣往兜里塞，我不会爬树，就拿了根竹竿打，那红红绿绿的熟的不熟的，落了一地。直到听见小脚老太太老远的叫骂声，我们便一溜烟似的飞走了。有时候也去摘梨，那还是青涩的果子呢，不熟，咬一口便扔了，因此没少挨那老太太的骂。每逢在路上碰到，她总是黑着脸瞪着眼骂我们。虽然惹她生气，但枣子成熟的时候，她总会给我家送一篮子来。因此，在那个缺衣少吃的年代，那又脆又甜的红枣，便成了我最大的诱惑和美味。我的童年，就这样甜甜地走过了。

在池塘的东上沿，是那口老井。地势比周围高，井沿和地面一平。这是村里唯一的一口甜水井，几乎家家户户、远远近近都是吃这口井里的水，做饭，洗衣，饮牲口，也是靠这口井。老井是什么年代修建的，说不清了，听爷爷辈的说，从他们那时候就有。老井直径有一米多，四米多深。井壁是用那种年代久远的青砖砌起来的，不知经历了多少岁月的打磨，井壁上早已覆盖上了一层墨绿色的青苔。地面是用砖铺就的，日久天长，变得凸凹不平，那斑驳的痕迹，仿佛在诉说着岁月的沧桑。

井旁边有一棵老柳树。前来挑水的人们可以先不忙着打水，坐在绿荫下，吹着清凉的风，卷上一只旱烟，悠闲地拉一会儿呱，借此机会逗逗乐、说说话。每天的清晨，天刚蒙蒙亮，勤快的人们便一个个挑着水桶，来到井台上。吱吱呀呀的扁担声，叮叮当当的水桶声，以及人们的说笑声，将黎明唤醒，将村庄唤醒。几声清脆的鸟鸣，伴着袅袅炊烟，在村子的上空飘荡。忙碌的一天开始了。

　　挑水是个力气活，大多都是男人们的事情。小时候父亲在外上班，母亲既忙里又忙外，本来就体弱多病，因此街坊邻居们经常帮我们家挑水。母亲总是教育我们要记住别人的好，不要忘恩。可是日子是天天过，水要不断地挑，为了不愿给邻里乡亲添麻烦，我稍大一点就学着去挑水。沿着湾边那条小路，我用父亲自制的那副扁担，学着大人们的样子，先用一根长长的井绳把桶顺下去，然后再左右一摇一摆晃动水桶，为的是好让水桶下沉。看到水快满的时候，就慢慢往上拉。因为力气小，每次都是不满的一桶。待我摇摇晃晃地双手托着扁担往回走，别人都会取笑我像银环，回到家时，只剩下半桶水了。乡亲们都很善良，可怜我们不容易，说什么也不让我去挑水。尤其是安东叔叔和他的弟弟安友叔叔，不管刮风下雨，一直坚持为我们家挑水。两家关系处得非常好，安友叔叔从小瞎了一只眼，人老实又能干，但老大不小了，却一直没有讨得一房媳妇。他不仅帮我们家挑水，还帮我们干些零碎活，母亲经常留他在家吃饭。吃饭的时候，我最喜欢听他讲故事，那些故事多半都是些鬼故事，每回听起来晚上都吓得不敢出门，但还愿意听，非缠着他讲完不可。

　　等我工作后，在供销社上班，因为深知农村柴油、煤油奇缺，每次回家我都给安东叔叔捎回一些来，他非常高兴。安友叔叔后来也找了个邻村的弱智女人，生了一男一女两个孩子，总算有了自己的家。可惜他五十多岁的时候，不幸患上了癌症，我去看他时，他半是感慨，半是激动地流下了眼泪。想起他那么的好来，多么善良的一个人啊，怎么好人却如此短命呢？老天有时真是不公。他去世后，两个孩子由亲戚抚养，傻媳妇也回到了娘家，但她一有机会就天天跑回来，坐在大门紧锁的门槛上，一坐就是大半天，一副可怜巴巴的样子。叫人心酸，谁见了，都忍不住摇摇头，轻叹一声。

乡村里的人们都是善良淳朴的，相互之间没有芥蒂，无论谁家有事都会热情地伸出援手，而且不求回报。这是中华民族的传统美德，从小就受到了潜移默化的熏陶，也为我的人生之路打下了一个良好的基础。懂得了一些做人的根本，心存善念，知恩感恩，与人为善，无愧于心。

村里有一个老光棍，人非常老实，说话结巴，有点木讷。但心地善良，无论谁家有活，他都爱去帮忙，几乎家家都去过，深受大家喜欢。乡亲们对他也是关爱有加，每次干完活，都会特意做些好吃的给他，知道他一个人吃不好，谁家改善伙食了，就会特意给他送过去些。母亲每次都是这样，一做好饭，就差我去送，我也很乐意去的，知道他是个好人。当时他是村里的"五保户"，没有房子，村干部就让他住在生产队里的一间仓库里。他有个毛病，一个人回到家时，叼一只旱烟袋，吧哒吧哒地抽着，嘴里念念有词。我们总以为他很傻，为什么自己和自己说话啊，所以经常偷偷趴到他窗前听，听了以后就嘻嘻呵呵地笑，他似乎并不在意，继续在那里自言自语。就这样，他除了干生产队的活，就是帮别人家干活，一直到干不动为止。活到八十多岁了，最后生活不能自理，又没有亲人，多亏了乡里乡亲们送衣送饭，嘘寒问暖。百年后，亦是乡亲们把他厚葬了。

我对门的一对百岁老人，是村里年龄最高的老寿星。在我儿时的记忆中，老奶奶就是个小脚老太太，长得慈眉善目，性情温顺，老两口一辈子不温不火地过日子，五世同堂。生活简单清淡，最喜欢喝玉米粥，是用柴火熬的大锅粥，每天如此，雷打不动，一屋子的温温软软。或许，这才是生活的原滋味吧。

每次走在小时候无数次走过的田间小路上，感慨万千。路边的小草，依旧是那么碧绿，有蝴蝶在一朵野花前飞来飞去，我好像又回到了童年，回到了过去。过去是什么呢，天高云淡，岁月无边。

如今，我的村庄越来越好了，可是它越来越老了。父母不在了，安东叔叔、安友叔叔也不在了，还有那些从小看着我长大的，给过我温暖和关爱的父老乡亲们，他们一个个地老了，走了。

那条曾经雨天两脚泥泞，晴天尘土飞扬的土路，如今也变成了宽阔平坦的柏油马路。路边安上了路灯，修建了娱乐场，置办了健身器材，人们可以劳动之余，打球、唱歌、跳广场舞。老屋多数拆除了，换成了宽敞明亮的大瓦房。看到家乡的这些巨变，我不知是喜是悲，不知该喜该悲。那个曾经给过我无数快乐的池塘，也被填平了一半，还有那几棵老枣树，早已不见了影踪。只有那口老井，依然默默地守护在那里，像是守家的老人，无声地看着家乡的巨变。只怕有一天，它也会慢慢地淡出人们的视线，再也看不到它曾经的喧嚣和热闹了。

家乡是魂牵梦绕的地方，家乡是安放灵魂的原乡，家乡是游子的念念不忘。那些儿时温暖的回忆，那些快乐的时光，总是在梦里飘荡。当时只道是寻常，隔着岁月的烟雨回望，一半甜蜜，一半忧伤。时光催老了容颜，唯一不能改变的是，那一缕淡淡的乡愁，那一抹浓浓的眷恋，将永远烙印在心灵的最深处。

我的家乡，我的父老乡亲，我多么希望，你能在我的文字里，在我的梦里，重新活一回！

童年时光

几间土坯房，一扇旧柴门。

丝瓜将长长的藤蔓爬到墙头上，举着金黄色的小喇叭，在洒满阳光的小院里，向暖而吹。几只麻雀在院子里那棵高大的梧桐树上，飞来飞去地欢叫着，姥姥踮着小脚踩着细碎的步子，用一根树枝追赶那些偷吃粮食的鸡们鸟们。……这就是我童年的时光。

记忆中，人家的院子里，总会种着几棵树，杏树、梨树，而枣树最多，几乎家家都有的。村里有几处成片的枣树和梨树，我们称之为枣树行子，那是旧时大户人家祖上遗留下来的。我家没有枣树，所以村边的枣树行子便成了我们最快乐的向往。几个小伙伴凑在一起，经常溜进那里，那些青涩的果子藏在浓密的叶间，隐约可见。于是一个个猴一样爬上去摘下来，咬一口，涩涩的，不好吃，便扔掉了。害得小脚老太太，老远地用拐杖敲着地，尖声地骂我们。不等她赶来，我们早就像鸟儿一样飞走了。

　　我们到处疯玩。乡村的天空，是那么高、那么蓝，还有那一年四季的风，不倦地吹着。在绿绿的田野上，从南吹到北，从春吹到冬，浩浩荡荡，阳光在广袤的旷野上洒下一片金黄。

　　桃红柳绿的时节，麦苗返青了，小草冒出了嫩嫩的绿芽，一年之计在于春，大人们开始忙碌着浇水施肥。我们折一枝鹅黄嫩绿的柳枝，做成柳笛，在一片绿色的海洋里悠悠吹起。一边玩，一边采摘田野里那些鲜嫩的野菜。那边是大人们浇地机器的马达轰鸣，这边飘荡着孩子们的欢声笑语。直到暮色四起，还意犹未尽，干脆脱掉了鞋子，玩起了游戏。

　　最常玩的游戏被我们称之为打鞋拍。就是将所有的鞋子都站立着排放在一起，然后留下一只鞋来，每个人轮流用这一只鞋，站在某个指定的距离之外，开始投掷。如果谁投中了，打散了那些围拢在一起的鞋子，谁就赢了。光着小脚丫，在绿色的麦田里，踏着松软的泥土跑来跑去，乐此不疲。

　　这个游戏玩腻了，再换一个。因为黄昏降临的时候，天空越来越暗，蝙蝠就会出现了，这种鸟儿喜欢钻洞，把鞋子高高地抛向空中，它会追赶着鞋子飞下来，不过它非常聪明，待到鞋子快要落地的时候，它便很快飞走了。所以害得我们一次次把鞋子抛向天空，累出一身汗来，却最终还是竹篮子打水一场空。

　　一直到夜色笼罩了茫茫的原野，村里上空飘起了缕缕炊烟，炊烟里远远地传来了母亲的呼唤，这时候，我们捡起那满是泥土的鞋子，这才恋恋不舍地离开，回家又免不了招来母亲的责怪。

说起野菜，春天里最好吃的就是苜蓿了。尤其是第一茬儿，又鲜又嫩，在那个物质匮乏的年代里，是最好的美味了。母亲将它摘净洗干，然后切得细碎调成馅，烙成合子或是蒸成包子，尽管没肉，但却鲜美无比。

那时候只有少数人家种苜蓿，多是在河沿上，成片的也有，不多。那些鲜嫩的苜蓿，就像鲜美的瓜果梨桃一样，诱惑着我们小小的心，顾不得母亲的叮咛，趁人家不注意就去偷。因为知道，即使被人家遇到了，也不会责怪的。

许多好玩的游戏，都是我们亲力亲为。丢沙包，踢毽子，跳方格，打尕，弹溜溜，滚铁环，打弹弓等等。这些都是自己动手，就地取材，不用花一分钱，却给了童年满满的幸福与快乐。夏日炎炎的午后，在村南的小河里逮鱼、捉泥鳅，冬日长长的夜晚，就着一轮橘黄的明月，在大街上，在高高的麦秸垛上，看星星，捉迷藏。

一到晚上，姥姥便在暗黄的煤油灯下，轻轻地转动着纺车，随着吱吱呀呀的声音，一根长长的线永远也纺不完似的，仿佛在转动着那悠长的岁月一般，永无尽头。母亲则在炕上给我们做棉衣或棉鞋，看到那些白白软软的棉絮，心里便暖暖的。想着过年又可以穿上新棉袄、新棉鞋了。还有那些长长的棉线，还可以织成布，再印上花，母亲还可以做一件花衣裳给我了，真好！

小时候总是盼望过年，因为过年可以穿新衣，戴花帽，吃水饺，放鞭炮。特别到了年市上，买一条向往已久的红绸子，系在发梢上，心里那个美呦！记得我曾经亲手缝制了一个小小的布袋，把我心爱的宝贝都装在里面，几条红红绿绿的头绳和绸缎，一个沙包，几只大大小小玻璃球，几枚古董味的铜钱等。这些都是我的心爱之物，我会时不时拿出去炫耀一番。

院中有一个四奶奶，我经常跟母亲去她家玩。四奶奶也是小脚老太太，人长得端庄优雅，衣着朴素却非常得体干净，屋子里总是打扫得一尘不染。一张旧式的八仙桌，两把圈椅，桌子上始终摆放着一把老式圆柱形的茶壶，放在一个特制的保暖圆型套子里，然后再用毛巾盖在上面，喝一碗倒一碗。所以我一直感觉四奶奶是个活得滋润而精致的女人。一辈子精明能干，却嫁给了老实巴交、不善言谈的四爷爷。唯一的遗憾是膝下没有一男半女，后来过继了一个女儿。

四奶奶院子里也有一棵老枣树，每当秋末总会挂满一树红红的枣子，特别诱人。那些又脆又甜的红枣便成了我的美味，吃着吃着，临走还要给我带上一些。我每次去她家，总是惦记着那些好吃的，四奶奶会从她锁着的柜子里，拿出几枚糖块来，还有花生等零食。冬天的时候，她还会端出一碗自己制作的醉枣，我一边吃着，一边听她们唠家常。我至今保存着一张老照片，是父亲照的，四奶奶一家和我们一家，每次看到它，就好像又回到了那遥远的童年，感慨万千。

在那个没有电视，没有电灯，没有玩具的年代，物质极度匮乏，精神上却是那么饱满富足。许多的快乐和幸福，是如今多少金钱也买不来的。那时候的书包没有现在这么沉重，那时候的天空没有现在浓重的雾霾，永远是碧蓝碧蓝的，那时候小河里的水是清澈干净的，没有半点污染，那时候人心是单纯的，快乐是简单的。

从前，光阴总是那么慢，那么闲……

童年的夏天

　　童年的夏天，是我们的乐园，似乎很多美好的回忆，都与夏天紧密相连。

　　那天在群里，一个同学发了一首音画儿歌《我是公社小社员》，那是儿时的老歌，顿时引起了大家的共鸣。

　　"我是公社小社员，手拿小镰刀，身背小竹篮，放学以后去劳动，割草积肥拾麦穗，越干越喜欢……"

　　听着熟悉的旋律，看着那熟悉的场景，一种莫名的激情在心中升腾，似乎又回到了那个久远而美好的少年时代。

　　生于 60 年代的我们，对于那个特殊时期留给我们的记忆是深刻的，既感慨又无奈，感激那段时光在我们青葱的岁月里熠熠生辉，让我们的人生值得回味。在那个极其贫困艰难的年代，我们这些生在新中国，长在红旗下的人的幸福生活，是无数革命前辈抛头颅、洒热血，用生命才换来的。我们被称为生在蜜罐的人，是何其幸运！所以从小受的教育就是，不忘本，继承革命优良传统，爱学习爱劳动，为实现共产主义而奋斗，做又红又专的无产阶级革命事业接班人。

那时候每个村都有一处小学，我清晰地记得那所学校的房子就在我家的后面，那是一座底部用青砖盖起来的大院子，还有一排偏房，很气派。听大人们说，那是一户财主家留下来的，后来被充公。我对此深信不疑，因为我们经常在那些破损的墙角边，往里一探，往往可以惊喜地获得一串铜钱，就像阿里巴巴的芝麻开门一样，充满了无数神秘感。

我们是念着红宝书，听着英雄故事长大的。董存瑞、罗盛教、黄继光、刘胡兰、草原英雄小姐妹，还有白求恩、张思德，还有做一颗永不生锈的螺丝钉——雷锋等等。这些故事激励着那些幼小的心灵，可正赶上了上学交白卷，不考试，书都不好好念的潮流。

当时我们的课本简单到只有算数和语文，一至三年级，三个班级只有一个任课老师，而且是在同一个教室里上课，往往是给这个年级上课时，其他年级就自习。可是哪里是自习啊，通常是给别的年级上课时，不少人就会故意捣乱，搞小动作，或大声喧哗。

在那个特殊时期，我们始终站在革命战线的最前沿，写文章，抄报纸。放学后，一人拿一个用报纸糊成的大喇叭，在村子的大街小巷，每隔一段距离就站着一个人去广播，喊着我们似懂非懂的口号。

那时候我们最喜欢的是上劳动课，而且经常帮生产队拔草、拾麦穗。老师领着我们，在广阔的田野里，把散落在麦田里的一束束麦穗捡起来，叫颗粒归仓。看到大人们在麦收时节的劳累，体会到了"锄禾日当午，汗滴禾下土。谁知盘中餐，粒粒皆辛苦"的真正涵义。

　　拔草是我们经常干的活，也是乐意干的活，就是为了去玩，往往几个小伙伴放学以后，每人拿着一个玉米饼子或地瓜窝窝头，背着一个筐去地里，田间便成了我们的乐园。沟边、田埂长着各种野草，还有颜色不同的野花点缀着，分外好看。婆婆丁开金黄的小花，花谢后结着毛茸茸的白球一样的籽粒，采下来放在嘴边一吹，便散落在空中，很好玩。

　　有一种草开着一朵朵喇叭花，像牵牛花似的，我至今不知道它名的学名叫什么字，那种淡淡的，粉白的花，开得泛滥无边，常常缠着庄稼生长，一挂一挂的。还有一种野草，它会结一种两头尖尖的果子，吃起来有点无花果的味道，摘下来会有奶白的液汁流出来，它是喂猪的好饲料，猪特别爱吃，因此我们这里称为猪家草。这种青涩的果子也是我们的最爱，它和春天的茅草尖一样，成了幼时慰藉味蕾的美味，至今想起来，那种淡淡的青草的味道，一直在记忆里萦绕，挥之不去，那是田野的味道、童年的味道，令人怀念。

　　没有零食可吃，这些大自然的馈赠成了我们珍贵的礼物。每当麦子泛黄的时候，还有一道美味。跑到麦田里，专门挑那些还没有黄透的泛着青的麦穗，一只只掐下来，找一个不被大人们发现的地方，用麦秆点起火，然后一把把地在火苗上快速转动着烧。等黑黑的麦穗被烧得散发出一股股诱人的醇香来，再放在手心里用两只手反复地碾压，再把碾下来的麦壳轻轻吹掉，只剩下干干净净、饱满滚圆的麦粒了。迫不及待地倒在嘴里，唇齿留香，一把把地吃，只吃得满嘴满手都是黑黑的。有时也把逮来的蚂蚱一起烤了吃。

当然，还有更好吃的就是生产队里的瓜。一个个黄黄的甜瓜、白白的脆瓜、长长的黄瓜，诱惑着我们的心，因为种植少，非常难得，所以贪吃的我们总是忍不住去偷。如果能够得手是最大的幸福，一个个嘻嘻哈哈地吃着，别提多高兴了。

尽管贫苦，但我们却很快活。村南的那条小河，村边的那个水湾，是我们的好去处。水少的时候，挽起裤脚下去，捉小鱼小虾，在淤泥里逮泥鳅，在长满水草和芦苇的地方摸河蚌。我通常捉不到鱼，就是捉到也是几尾小鱼，多数收获是一窝游动着的蝌蚪，或者是还长着尾巴的小青蛙，还有一些带着一圈圈纹理的河蚌。当手指触摸到滑滑的、硬实的东西，那份放在手心里沉甸甸的满足感，至今想起来还十分惬意。

也在水里学游泳。看着他们一个个活像一条条鱼在水中穿来穿去，可我连狗刨都不会，不敢去里面，只在河边的浅水里瞎扑腾，至今也没学会，感觉有点对不住自己的童年。

还有一种好玩的游戏，就是在水里边挖来一些红色的胶泥，这种泥很有韧性，黏合度强，我们可以印"印版"。所谓的"印版"是从供销社里买来的一种红色的圆形的砖片，上面刻着各色各样的动物或其他图案。我们用它来做模板，将挖来的胶泥在地上反复摔打，再把它做成一个个和模板一样大的圆形，和模板紧紧摁在一起，再把湿的这块分开来，放在太阳下晒干，最后把它放在灶膛里，用母亲做饭的余火将它掩埋好，等上半天，再扒啦出来，就变成一个和模板一模一样的印版了。小伙伴们经常拿出自己的作品来炫耀，当然，也有做得不成功的，通常是半边红半边黑。

再就是另外一种游戏。把泥做成小碗状，底部要做得尽量薄，然后使劲往地上一摔，看谁的响声大。这些游戏做起来很有趣，尤其是炎炎夏日的中午，我们不睡觉，就在浓密的树荫下，听着喧嚣的蝉鸣，乐此不疲地玩游戏。也把废旧的车内胎剪成条，拴在一个选好的 Y 型小树杈上，做成简易弹弓。看谁的眼法准、技术高，那些飞禽和树上的蝉，成了我们攻击的对象。

还有更多的游戏，跳绳、丢手绢、拽沙包、打陀螺、捉迷藏、抓石子、踢毽子、打尕等等，都是我们亲力亲为，自己动手，那份喜悦和天真，充盈着整个童年少年时光。

记忆中整个小学时期，玩的不少，学的不多。没有课外作业，放学就去疯玩，以至于到了后来，我的算数不好，升初中不用考试，全锅端，要到邻村去上学，可我没有上。因为那是我姨家的村，我担心学习不好被人笑话，所以想到了留级。大人们不管这些，我和孔夫子老先生一说，他很赞赏。也就是从那一年留级以后，我的成绩在班里一直名列前茅，这为我以后的升学，奠定了一个良好的基础。

但依然感激那段岁月，它不仅给了我们一个快乐的童年，还让我们学会了勤俭节约、吃苦耐劳，并懂得了坚韧、执着、知足和感恩。这是一笔宝贵的人生财富，值得受用一生。

老屋

　　从前，故乡那一条弯弯的土路，晴天尘土飞扬，雨天两脚泥泞。这条熟悉的小路，一头连着我，一头连着老屋。

　　如今，我成了一粒蒲公英的种子，被风吹散在故乡之外。但不论天涯海角，不管身在何处，故乡的老屋，始终是我心中最妥帖的温暖。只有回到老屋，坐在暖暖的炕头上，我才真正找到了家的感觉。老屋，就是漂泊在外游子的牵挂，找不到归宿的灵魂，在哪里都是流浪，而故乡，才是安放灵魂的地方。那袅袅的炊烟，是我梦里，无论如何也挥不去的深深的眷恋。

　　老屋在那里旧着，像个守岁的老人，几十年的风风雨雨，土坯的墙面早已斑驳脱落，依然静默在那里。老屋的房梁上还有一个燕子窝，应是"旧时王谢堂前燕"了，每次回家，我都会一个人在老屋里静静地走走、看看。久久地凝视着，像欣赏一幅老照片，又像在观赏一段陈年旧事。往事就像一张破损的光碟，断断续续地播放着某年某月的某一个画面，让记忆又复活了。

　　早春季节，院子里的杏花开了，我们在杏花树下快乐地荡起秋千。细细的风，吹落无数花瓣漫天飞舞，落在了我们的身上，飘在我们的发间。燕子在屋檐下飞来飞去，一只大花猫懒洋洋地晒着太阳，颠着小脚的姥姥，手里端着一碗饭，满院子追赶着贪玩的小弟弟。那些旧时的快乐时光，仿佛就在昨天。

　　母亲的那个大立柜还在。是个长方形的，一米二高，三米长，说起这个立柜还有一个故事。它是母亲唯一的陪嫁，也是姥姥的陪嫁。当年姥姥出嫁时，陪送了一红一黑两个这样的柜子，后来，姥爷去世得早，没有钱买棺材，就把那个黑色的柜子改成了棺材。到了母亲出嫁时，孤儿寡母的更没有什么可陪送的了，于是姥姥就把那个红色的柜子，叫人重新上了漆，这个柜子就和母亲一起来到了这个家。

　　记忆中，母亲总是把一些贵重的东西放在里面，比如钱和粮票、布票，衣服、被褥等，还有那些难得一见的花生、苹果，以及糖果之类的好吃的，然后上了锁。这个柜子对于当年的我们来说，简直就是芝麻开门，有无尽的宝藏，一打开，就有惊喜。

　　那时候姨家的两个表妹和一个表弟，经常来我家，尤其是小表弟，经常住在我家，两村很近，走着就到了。我们经常在一起玩游戏，过家家，有时还到田里去捉蚂蚱，寻蝉狗。每逢他们来我家，母亲总是会尽量地改善一下伙食，临走的时候，母亲还会打开那个宝藏一样的柜子，拿出一些花生来，塞满他们衣服上一个个大大的口袋。

父母去世后，弟弟几次想处理掉这个柜子，我坚持不让。因为这里面锁住了我童年那么多的美好，承载着几代人的兴衰，我舍不得。

院子西边，那棵高高大大的梧桐树还在，长得枝繁叶茂。在我有记忆的时候就记得这棵梧桐树。一年又一年，花开花谢，它已经长得粗壮无比、冠如伞状。每逢春天，那一树淡紫色的喇叭花，开得云蒸霞蔚、摇摇欲坠。我和小伙伴们在花树下一边玩游戏，一边捡拾着掉在地上的花，姥姥则颠着小脚，踩着细碎的步子，在院子里追赶着那些不听话的鸡和鹅。

小时候，母亲从别人家挖来两棵小枣树，并排种在院子东边。枣树和我们一起慢慢长大了，父亲在两棵树之间为我们做了一个秋千，这下可有了好玩的了。每年枣花飘香的季节，满院子浓郁的香气，和着阵阵欢声笑语，久久回荡在洒满阳光的小院里。只是后来因为又盖了两小间偏房，就把那两棵心爱的枣树砍去了。但那些快乐的时光，却成为老屋最温馨的记忆。

最喜欢夏天的夜晚，铺一张草席，我们躺在上面，听夏虫在歌唱，唧唧，啾啾，还有蛙声此起彼伏。姥姥手里拿着一把蒲扇，慢悠悠地晃动着，时不时朝我们这边扇几下，我们一边数着星星，一边听大人们讲牛郎织女的故事。知道遥远的天上，有一条河，一边住着牛郎，一边住着织女，他们隔岸相望，一年才能在鹊桥上相会一次。当时我们信以为真，到了七月七这一天夜晚，便会跑到葡萄架下，据说，躲在这里就可以听到他们说话。

老屋的一角，还堆放着一些旧家什，一只破旧的竹篮子、一根拴牛的缰绳，一根旧扁担等。想起小时候，母亲去走亲戚，或谁家有喜事，都是挎上这只篮子，里面放上平日里舍不得吃的白面馒头。每次我们都争着跟着去，就是为了能吃上一顿美餐。每逢过年的时候，母亲就把一些好吃的放在篮子里高高地吊起来。

说起那根扁担，更是感慨万千。在我十几岁时，为了减轻母亲的负担，我就学着大人们的样子，去村东南那口老井里挑水。每次沿着湾边那条弯弯曲曲的小路，摇摇晃晃地往回走，回到家的时候，本来不是很满的一桶水，都成了半桶了。

我恋着家乡的老屋，恋着老屋门前不远处那个水湾，还有湾边那口老井。小时候这里是我的乐园，我们经常在湾边玩耍，打水漂，学狗刨，逮鱼虾，捉泥鳅。夏天，坐在那片绿荫里，听蝉鸣，听蛙声。可如今走在这条童年无数次走过的小路上，已是满目疮痍，水湾被填平了一大半，湾里的水也不再那么清澈了，周围盖起了许多瓦房。那口老井，我怎么也找不到了，一问才知道，是被人家压在了房底下了！

岁月无情，物是人非，不由得心里一阵酸酸的，欲哭无泪……

再也回不去了，我的童年，那个给了我无数快乐的水湾、老井和树林。

　　不过是几十年的工夫，光阴已经带走了许多我无法割舍的东西，包括刻骨的亲情和浓浓的乡情。

　　每个人的心底，都隐藏着一段老光阴。岁月可以无情地带走一切，而唯一带不走的就是那些旧时光的旧故事，永远在记忆深处，鲜活如初。旧时光不在了，但旧时光的那些旧物还在，流年无声，沧桑有痕，那些流淌在旧时光里的人或事，依然可以在这些旧物上寻见。一任光阴如水，往事如烟。

　　老屋装满了老故事，每到一处便可以随手捡拾起一段记忆，每一个灰头土脸的家具，都承载着一个久远的故事。这里的一砖一瓦、一木一土，都留有亲人的印记，保存着父母的温度，仿佛一伸手，就可以触摸到昨日的温度。

　　年年岁岁花相似，岁岁年年人不同。姥姥、父亲、母亲，还有我那英年早逝的大弟弟，已经与我阴阳两隔。我知道，有一天，老屋也会消逝得无影无踪，但那些美好的回忆，无论隔着多么久远的岁月回望，都会在心底激起层层涟漪。老屋的印记，在我长长的人生里，是最甜蜜的忧伤、最温馨的回忆。

父亲

在我的记忆中，父亲是豁达、直率而豪爽的一个人。出身贫农的他，解放前入的党，年轻时是个根红苗正的积极分子，一心跟党走的热血青年。农村合作社成立的初期，由于他积极能干，参与了合作社的早期组建，后来一直在商业系统工作。

但在我小时候，对父亲的印象并不是太好，因为父母经常吵架，我不知道他们为了什么，但我总会站在母亲这边。那时候还是在集体生产队，父亲上班，母亲带着我们姐弟三个，白天去地里干活，回家还有照顾我们这个家。如果不是姥姥帮着照看我们，母亲一个人维持这个家的确很不容易。

在我的记忆里，父亲很少回家。每次回家，他们不吵架的时候极少，慢慢地我对父亲多了些怨恨。这种情绪一直种在心里，对父亲越来越疏离。因为不愿和他说话，我曾经给父亲写过一封信，劝他不要和母亲吵架了。或许是我的那封信打动了他，从那以后，他真的不和母亲吵了，尽管母亲跟他闹，他总是沉默着，一言不发。

　　上高中的时候，上学地点正好是父亲上班的那个地方。那时候父亲被调到乡下的一个供销社，任门市部经理。那时候的一个门市部经理，相当于现在乡镇上的一个片区书记。计划经济时代，所有的物资供应，都是由供销社来负责，从化肥、柴油，到香烟、火柴，这些紧俏的商品，都是托关系找门路才能买得到的。所以在当时，我们家算是经济条件比较好的了，别人家没有的我们家都有，别人家买不起的，我们家也有。记得那时候才流行的确良，父亲就给我买回一块粉红色的布料，然后母亲在缝纫机上给我做好，引得小伙伴们好生羡慕。还有一次，我穿了一件天蓝色的人造棉上衣，在湾边上玩耍，引来不少大妈大婶的赞许。

　　从小到大，我并没有干过农活，别人家的孩子都去地里拔草，或是跟着干些零碎农活，而我却从来没干过，偶尔去地里，也是为了和小伙伴们一起玩耍。虽然母亲一个人挣的工分总是不够，我家年年都是欠钱户，但因为有父亲的工资收入，所以我们并没有受苦。

　　那时因为对父亲有成见，我很少和他说话，甚至不愿见他。学校里的伙食很差，父亲很多时候都是早早地把他食堂里的饭菜，给我送过来。

　　记得那年高考，初选完以后，正赶上麦收季节，因为已经分田到户了，我就去帮着割麦子。我从来没干过呀，非常吃力，父亲说什么也不让我干，这时候正好初选通知下来了，我选上了。父亲高兴得脸上乐开了花，我是第一次看到父亲这样开心的笑容。从我手里夺过镰头，说，去去去，赶紧回家，抓紧复习功课去。

　　高考完后，是漫长的等待。母亲便领着我去算卦，算命老头说我是吃国家粮的人，这下母亲稍稍安慰了些，父亲却显得很淡定，说，考上就考上，考不上再去复习。

　　当我接到录取通知书的那一刻，父亲显出兴高采烈的样子，他简直像个孩子，逢人就说，闺女考上啦！一脸的自豪。那时候村里出了个大学生，是件很隆重的大喜事，那一年我们村就出了我一个，父亲自然感觉脸上有光。

　　我记忆最深的就是体检，是父亲陪我去的。从我家到县城，有三十华里的路，父亲用自行车带着我。这时突然下起了大雨，父亲很吃力地迎着风雨，艰难地行走，而脸上却依旧带着笑容。我看着风雨中的父亲，心里突然有一种说不出的酸楚，脸上不知是泪水还是雨水……

　　我要去的那个城市，离我家六百六十华里，坐火车要多半天才能到达。本来可以和同学一起去的，可父亲说什么也不放心，非要亲自送我去。父亲很细心地将我的行李打点好，然后从他手腕上捋下他那块心爱的上海牌手表，递给我，我不要，他说，你用得着，拿去吧。

　　印象中，这是我和父亲接触时间最长的一次了。到了那个城市，因为我是第二天去报到的，学校接站的已经没有了，父亲就打了一辆小蹦蹦车，那人张口就要七元。要知道啊，我的火车票才六块六毛钱，从车站到学校只有几里路，他竟然要七块！我说，不坐了，太贵！可父亲二话没说，价也不砍，从兜里掏出来就给了他。

我毕业后，很顺利地分配到父亲上班的那个单位。父亲已经退休了，弟弟接了他的班，我家的日子一下子轻松了许多。父亲是个闲不住的人，除了干完地里的农活，还和别人合伙做起了小生意。后来，我们坚决不让他干了，想让他享享清福，我家的院子里，父亲种满了各种蔬菜和花卉。勤快的父亲，每天忙碌着，把这个家收拾得像个小花园。

天有不测风云，好景不长。那一年父亲突然感觉右臂酸麻，去了医院，说是血栓，治疗了好长时间，仍不见好转。我感觉父亲越来越沉默了，不再像以前那样，喜欢独自呆在一旁，目光呆滞，言语也少了。感到病情不妙，我们再去进一步的检查，结果出来了：脑部有三个病灶，多发性脑瘤，肺癌脑转移！

医生说，可以手术，但风险很大，建议最好保守治疗。就这样，高大魁伟、体格一向很健壮的父亲，一天不如一天，由于脑部三个肿瘤压迫了多处神经，视力越来越模糊，行动越来越迟缓，记忆越来越减退，思维越来越紊乱。到了后期，连我们也不认识了，那段日子，是我们最痛苦最难熬的，眼看着父亲的生命，一天天消逝，心里别提有多难过！

父亲就这样走了，没有留下一句话，在六十八岁那年，走完了他的人生之路。

我一直对父亲怀有深深的愧疚，因为我从来没有和父亲认真地交流过，也没有尽到一个做女儿的孝心。后来我一直在想，可能是我不懂父亲的苦，也体会不到他这些年为了这个家这么多的付出。如果没有父亲在支撑着这个家，我们会有好日子吗？

树欲静而风不止，子欲养而亲不待！

还没有来得及为父亲好好地尽点孝心，他却永远地走了。不曾给我半点机会，我还有多少事，没有为他做？我还有多少话，没有对他说？我真的好想亲自对他老人家说，父亲，我是爱您的！

不知有多少个午夜梦回，我梦中的父亲还是那样笑容可掬。我在梦里一遍遍地告诉自己，这不是梦，是真的，父亲他还活着，他还活着啊！哭醒了，到底还是一场梦，止不住的泪水，打湿了枕头……

我的父亲，他和千千万万个家庭的父亲一样，是个非常普通的人，他用自己的肩，默默地撑起一片天。父爱如山，大爱无言，父亲的性格和做人的风格，一直在潜移默化地影响着我。我时常告诫自己：好好做人，无愧于心。唯有如此，才是对父亲最大的安慰。

图书在版编目（CIP）数据

等你，是一树花开 / 莲韵著 .—北京：
中国华侨出版社，2016.11
ISBN 978-7-5113-6471-5

Ⅰ.①等… Ⅱ.①莲… Ⅲ.①随笔 – 作品集 – 中国 – 当代
Ⅳ.① I267.1

中国版本图书馆 CIP 数据核字（2016）第 278052 号

等你，是一树花开

著　　者 / 莲　韵
责任编辑 / 桑梦娟
责任校对 / 高晓华
经　　销 / 新华书店
开　　本 / 670 毫米 ×960 毫米　1/16　印张 /17　字数 /189 千字
印　　刷 / 北京建泰印刷有限公司
版　　次 / 2017 年 1 月第 1 版　2017 年 1 月第 1 次印刷
书　　号 / ISBN 978-7-5113-6471-5
定　　价 / 32.00 元

中国华侨出版社　北京市朝阳区静安里 26 号通成达大厦 3 层　邮编：100028
法律顾问：陈鹰律师事务所
编辑部：（010）64443056　　64443979
发行部：（010）64443051　　传真：（010）64439708
网　址：www.oveaschin.com
E–mail：oveaschin@sina.com